JN419176

나는
고독한
별처럼

わたしは孤独な星のように

◆
◆
◆

나는 고독한 별처럼

이케자와 하루나(池澤春菜) 지음 | 서하나 옮김

퍼블리온
Publiion

일러두기

1 인명 표기 및 지명, 용어, 독음 등 외래어는 국립국어원 외래어 표기법을 따르되 일부 예외를 두어 통상적으로 사용하는 외래어는 그대로 사용했습니다.

2 각주는 모두 옮긴이 주입니다.

차
례

실은 붉다,
실은 하얗다

슈루루 슈루루 슈루루…….

누군가 웃는 듯한, 눈이 하늘하늘 내리는 듯한, 공중으로 부유하고 가라앉는 듯한 소리.

슈루루…….

이것은 주름살 틈새에서, 다공에서 포자들이 날아가는 소리다. 작고 작은 포자가 은밀하게 서로 부딪히면서 공기를 붙잡고 퍼져간다. 온 세상에 가득 넘쳐나는 행복을 노래하며 공중에서 자유롭게 떠다니는 포자들의 웃음소리다.

땅에서도 스르륵 샤라락 소리가 들린다. 이것은 균사가 실을 늘어뜨리는 소리다. 낙엽을 감싸안고, 죽은 몸을 끌어안고, 나무뿌리를 따라 가느다란 손가락처럼 균사를 늘어뜨린다. 깊게 숨을 내뱉으면 자실체가 우뚝 솟는다. 세상을 가득 채우는 기쁨을 토해내면서 갓을 펼쳐 머리를 쳐든다.

슈루루 스르륵 샤라락.

넘쳐나는 소리. 모두 같은 소리를 낸다.

보고 싶다.

포자와 균사 너머, 세상을 건너 저 너머에 있는 너를.

1

눈을 떴더니 땀으로 흠뻑 젖어 있었다. 차갑게 식은 잠옷이 몸에 착 달라붙어 찝찝했다. 아침밥을 먹기 전에 샤워하고 옷을 갈아입는 편이 나아보였다.

베개에서 머리를 들자, 이불 위에서 얇은 책자가 미끄러져 떨어졌다. 또 카탈로그를 보다가 잠들고 말았네. 그 탓에 이상한 꿈을 꾸었구나. 잠을 자도, 깨어 있어도 머릿속은 오로지 버섯 생각으로 꽉 차 있다. 이제 곧 물리적으로도 가득 차겠지.

손을 뻗어 카탈로그를 주워들고 줄줄 외울 정도로 들어다본 페이지를 덮었다.

『마이코파시-공생균의 선택과 순서』

학교에서 배포한 두꺼운 입문서를 모조리 분해해 버섯 종류가 실려 있는 부분만 스테이플러로 묶어 얇은 책자로 만들었다. 매해 이맘때가 되면 학고 안의 모든 학생이 마치 연례행사처럼 나만의 책자를 만든다.

교복과 갈아입을 속옷을 챙겨들고 욕실로 향하는데 엄마가 거실에서 얼굴을 내밀었다.

"네오, 오늘 아침에는 커피로 할래? 홍차로 할래?"

"음, 홍차. 우유랑 설탕도 넣어줘."

살다 보면 아침부터 칼로리와 단것을 충전해야 하는 날이 있다. 뭐, 말은 이래도 사실 거의 대일 그렇지만.

축축해져 무거워진 잠옷을 벗어 빨래 바구니에 던져 넣었다. 거울에 비친 내 몸을 보고 뭔가 창피해 바로 눈을 돌렸다. 또 살이 찐 것 같다. 늘 살이 찐 것 같다고 느낀다. 지방이 몸 안에서부터 점점 부풀어 오르는 듯해 속이 울렁거렸다.

무겁게 가라앉은 기분은 다른 날보다 뜨겁게 온도를 올려 샤워하는 사이에 자취를 감추었다. 기세 좋은 물소리가 귀 속 깊은 곳에 남아 있던 은밀한 소리까지 말끔하게 씻어냈다. 씻어낼 필요 없는 좋아하는 향의 트리트먼트를 머리에 묻혀 주물주물 할 무렵에는 꿈을 꾸었다는 사실조차 흔적도 없이 사라져 있었다.

"네오, 잘 잤어?"

"아빠, 안녕히 주무셨어요. 엄마, 나 홍차에서 설탕 빼줘."

"어? 벌써 다 넣었는데."

밀크 티와 달걀 프라이, 베이컨, 적당한 두께의 식빵. 식탁에서 좋아하는 아침밥을 먹는데 엄마가 바로 맞은편 의자에 앉았다.

"네오, 버섯 정했어?"

"아니, 아직. 어젯밤에는 기와버섯으로 해야지 싶었는데 아침에 일어났더니 역시 소녀두엄먹물버섯도 못 버리겠어. 무난한 게 나을지, 희귀한 게 나을지 고민이야. 그런데 또 너무 의식해서 고르면 괜히 멋있는 척 하는 것 같아 한심하고. 너무 어려워."

하늘꼭지외대버섯이나 수원무당버섯 같은 버섯을 고를 수 있다면 좋을 텐데 사람과 궁합이 좋은 버섯은 그 수가 한정되어 있어 어쩔 수 없다. 투명한 느낌의 양산처

럼 생긴 소녀두엄먹물버섯과 비취색 기와버섯은 독특한
데다가 예쁘기까지 해서 지금으로서는 첫 번째 후보다.

"서두를 필요는 없는데 방향성만은 정해두도록 해. 식
균 리포트 봤어?"

"당연히 보고 있지. 맨날 봐. 근데 못 정하겠어."

식균 리포트는 작년의 버섯 인기 순위와 올해의 유행
을 예측하는 자료로, 한 광고대행사가 대년 발표한다. 그
리포트에는 올해도 작년과 마찬가지로 붉은달걀광대버
섯이 인기를 독차지할 거라고 적혀 있었다. 붉은달걀광
대버섯은 생김새도 버섯답게 생겼고 색도 예뻐서 사람
들이 많이 선택한다.

아빠와 엄마가 얼굴을 마주 보았다. 아, 교환(交歡)하
고 있구나. 금세 알아차렸다. 표정이 부드러워지면서 살
짝 눈이 멍해졌다. 두 사람 사이에 흐르는 공기가 포자로
반짝이는 듯했다. 아침부터 왜 이렇게 사이가 좋아? 이
런 생각이 들면서 기가 찼지만 부럽기도 했다.

무조건 서로를 이해하는 상대, 굳이 말하지 않아도 마
음이 통하는 상대가 있다는 건 어떤 느낌일까?

한가롭게 이런 생각에 빠져 있다가 잘못하면 버스를

놓칠 듯해 집에서 서둘러 뛰쳐나왔다.

2

처음에는 감염병 취급을 받았다고 한다.

치마버섯이나 두엄먹물버섯의 포자가 폐에 파고드는 진균 감염은 20세기에도 드물게 사망자가 발생했다. 미국의 서남부나 남미에서 계곡열이나 사막류머티즘이라고 불리던 풍토병은 사실 진균 포자가 원인인 콕시디오이데스진균증이었다. 그래서 멕시코의 면화 공장에서 퍼진 감염병도 처음에는 수입 면화에 달라붙어 들어온 포자가 호흡기를 통해 들어갔을 거라고 여겨졌다. 병에 걸린 직원들이 언어를 사용하지 않고 의사소통하기 전까지는.

가장 먼저 나타난 조짐은 생산 효율이 향상되었다는 점이었다. 한 라인에서 실수가 눈에 띄게 줄면서 작업 효율이 향상되었다. 관리자는 도통 영문을 알 수 없었지만, 단순히 직원들의 작업 숙련도가 향상되어 그런가보다 싶어 깊이 생각하지 않았다. 몇 주 후, 관련회사의 시찰

이 이루어졌다.

이를 다룬 한 다큐멘터리 방송에서 당시 부장이었던 남성이 "그 사실을 알았을 때는 소름이 돋았어요."라고 말하는 것을 본 적이 있었다.

"직원들은 서로 말을 주고받거나 눈빛도 교환하지 않았는데 마치 오랫동안 춤동작을 연습해 맞춘 것처럼 완벽하게 손발이 착착 맞았어요. 등 뒤로 손을 뻗으면 필요한 물건을 바로 건넸죠. 마치 하나의 생명체처럼 모든 사람이 동기화되어 움직였어요."

직원들은 그때 일을 이렇게 회상했다. "생각 자체를 하지 않았어요. 걸을 때 일일이 오른발을 내야지, 왼발을 내야지 하면서 의식하지 않잖아요. 그런 느낌이에요. 그저 움직일 뿐이었죠."

상황이 이렇다 보니 역시 심상치 않은 일이라면서 세상이 떠들썩해졌다. 신문이나 텔레비전에서는 호기심에 공장으로 몰려들었고, 인터넷을 통해 전 세계로 알려지면서 전문적으로 그 현상을 검증하게 되었다.

진단 결과, 거의 모든 사람이 같은 진균에 감염되어 있었다. 호흡기를 통해 들어간 포자가 뇌까지 도달한 뒤 뇌간을 중심으로 구형체를 형성해 시냅스를 감싸 실 모양의 구조인 사상체로 발달해 있었다. 공장에서 취급하는 면화에는 깜부기균과 닮은 자낭균의 변이종이 기생하고 있었다.

내레이션이 버섯의 생태를 설명했다.

"버섯은 영양분을 취하는 방식에 따라 부생균, 기생균, 균근균 등 세 종류로 나눌 수 있다. 부생균은 낙엽이나 쓰러진 나무, 생물의 사체 등을 분해해 영양분을 흡수한다. 기생균은 식물의 뿌리나 다른 균류 등에 기생한다. 동충하초 등 생물에 기생하는 균도 있다. 균근균은 사형체를 특정 식물의 뿌리에 착생시켜 균근을 형성해 공생한다."

직원들의 뇌간에서 발견된 것은 이 균근균의 일종이었다. 지표식물의 80퍼센트가 균근균과 공생 관계에 있었다. 균으로 넘쳐나는 세상에서 사람을 다음 숙주로 삼기 위한 필연적인 진화였을지 모른다.

시냅스를 뿌리라고 인식한 균이 미량의 탄소화합물을 섭취하는 대신 뇌의 발달을 도왔다. 감염된 직원들 모두 대뇌피질이 일반 사람보다 비대했다. 이러한 신종 균에는 뇌근균이라는 이름이 붙여졌다.

비슷한 시기에 공장에 퍼진 두부백선도 이 뇌근균이 원인이었다. 공생 관계에 있는 직원들은 너 나 할 것 없이 두피에 원형 탈모 증상을 보였다. 크기는 2센티미터 정도로, 후두부 근처에 하나만 있거나 드물게 두 개를 지닌 사람도 있었다. 피부 사상균의 집단 감염이라고 여겨졌지만, 일반적인 치료 방법으로도 나아질 기미가 보이지 않았다. 그래서 국소 부위를 자세히 조사해보니, 탈모 부분에 아주 미세하게 주름과 같은 조직이 형성되어 있었고, 주름 안에 포자를 만들어내는 담자세포가 있었다.

뇌근균은 시냅스에 흐르는 전기적 충격을 세포외 전위신호로 받아들인다. 이 정보를 담은 포자가 두피의 담자세포에서 배출되면 주변에 있는 같은 감염자의 담자세포로 빨려 들어가 뇌의 수상 돌기에 도달해 감정이 공유된다. 이를 통해 감염자는 공감 능력인 엠파시(empathy)를 얻었다.

면화 공장에서는 작업 효율만 개선된 것이 아니었다. 직원끼리의 분쟁도 눈에 띄게 줄었다. 빈곤 지역에 지어진 공장에서는 싸움이나 분란이 끊이지 않았다. 식당이나 탈의실 등에서는 폭행과 난투가 빈번하게 발생했다. 그런데 감염된 이후 사건사고가 거의 일어나지 않았다. 상대의 감정을 받아들이면서 쉽게 이해하고 공감할 수 있게 된 것이다. 도무지 받아들이기 어려운 주장을 지닌 사람끼리는 자연스럽게 거리를 두었다. 뇌근균이 주변을 온화한 환경이 되도록 제어했다. 이러한 원인들이 파악되었을 무렵, 뇌근균은 이미 멕시코의 지방 도시에서 전 세계로 확산되고 있었다.

새로운 사회 양식으로의 이행은 반드시 순조롭지만은 않았다. 일부 사람들은 뇌근균과의 공생을 오염이라고 부르며 받아들이지 못하고 독립했다. 감염에 절망한 가족이 아이의 목숨을 뺏고 함께 동반자살을 시도했다. 감염자를 노린 폭탄 테러도 일어났다. 뇌근균을 신이라고 떠받들며 조금이라도 빨리 감염되기 위해 감염자를 살해하고 그 피를 뒤집어쓰는 신종 종교 집단도 등장했다. 갑작스럽게 음모론이 확산했다가 사라지는 등 혼란이 배척과 분단을 야기했다.

이러한 상황에서도 그 길은 일방통행이었다. 감염된 사람은 타인과의 친화성을 얻었다. 그러면서 점차 세상은 안정을 되찾았고, 사람들은 뇌근균을 받아들였다. 마이코파시(mycopathy)라고 이름 붙인 이 능력으로 인간은 새로운 단계로 진화했다.

사소한 엇갈림 때문에 벌어지는 범죄나 이혼 건수가 줄었다. 폭력 사건이나 차별적 언동은 공감을 통해 서서히 누그러져 누구나 평온하고 충만한 인생을 살았다.

네오는 다큐멘터리의 마지막 장면을 아직도 기억한다. 차분한 목소리의 내레이터가 아주 진지하게 이렇게 말했다.

"인류와 균류가 사랑과 평화로 공존한다."

3

"아니, 그냥 사다리타기하면 되잖아."

쉬는 시간에도 카탈로그를 들여다보면서 고민하는 나를 두고 반에서 가장 빨리 균을 정한 ㅅ 노다 히나미가 답답하다는 듯이 말했다.

"네오, 너무 고민하는 거 아니야?"

"근데 나는 오히려 히나미가 그런 이유로 정한 게 더

이해가 안 되는데."

히나미는 아이돌에 푹 빠져 일찌감치 그 아이돌과 같은 균을 심겠다고 정했다.

"그렇게 정하면 나중에 후회하지 않겠어?"

"그럼 네오는 지금 고민하고 또 고민한다고 10년 후에 후회 안 할 자신 있어?"

히나미가 쏘아붙이듯이 따졌다.

"……장담은 못 하지."

"그럼 고민해서 정하든, 그냥 정하든 상관없잖아. 게다가 나는 슈고랑 같은 포자로 숨 쉬는 것만으로도 행복한걸."

"나도 그 마음 알아. 조금이라도 사귈 가능성을 높일 수 있다면 뭐라도 할 거야."

꺄아, 꺄아 소리를 지르며 상기된 여자 친구들의 눈빛은 확신에 차 있었다. 친구들이 푹 빠져 있는 아이돌은 나도 싫지 않았다. 현실에 있는 남자아이들은 시끄럽고 무슨 생각을 하는지 도통 알 수 없는 데다가 징그러웠다. 그렇지만 아이돌은 남자가 아니라 아이돌로 살아가는 생명체니까 달랐다. 피부도 매끈매끈하고 춤도 멋있게 잘 추는 데다가 마음을 울리는 가사로 노래를 부르면 역시 설렜다. 그렇다고 다른 여자아이들처럼 "평생 좋아할 거야!"라고 딱 잘라 말할 만큼은 아니었다. 하지만 그런 친구들의 확신에 차서 단언할 수 있는 똑 부러지는 성격이 부러웠다.

분위기가 한껏 무르익으면서 그 기세를 이어 방과 후 노래방에 가서 최애의 노래를 메들리로 부르자는 말까지 나왔다. 그런 친구들을 따라갈 기분은 아니어서 대충 웃으며 얼버무리고 조용히 화제에서 도망쳤다.

친구들과 떠들썩하게 시간을 보낼 에너지가 없었다. 그렇다고 아무도 없는 집에 혼자 돌아가고 싶지도 않았다. 학교를 마친 후 자주 가는 패스트푸드점으로 향했다.

카탈로그를 펼쳐놓고 멍하니 바라보았다.

식균은 뇌가 어느 정도 발달하고 황체형성 호르몬이 분비되어 제2차 성징이 시작될 무렵에 해야 적합하다고 알려져 있었다.

히나미는 "그렇지 않아도 고민이 많은 나이인데 너무 한 거 아냐?"라고 했는데 내가 생각해도 그랬다. 연구 결과, 이식할 수 있는 뇌근균의 선택지는 늘어났다. 균종이 달라도 마이코파시에는 큰 차이가 없다는 공식 견해도 나왔다. 그렇지만 같은 버섯을 이식하면 마음이 더 잘 통하기 때문에 미래를 함께할 상대는 균종으로 정해진다는 소문도 사람들 사이에 뿌리 깊게 박혀 있었다.

식균을 이식받은 사람은 쇠골에 어떤 버섯을 심었는지 알 수 있는 머리글자와 로트 번호를 새긴다. 나는 이런 버섯을 골랐습니다, 하고 광고하는 셈이다. 튀는 사람이 될 것인가, 안전한 길을 택할 것인가. 머리 모양이나 옷처럼 나중에 바꿀 수 없으니 더 고민스러웠다.

부모님의 뇌근균은 붉은비단그물버섯이다. 화려하지는 않지만 견실하고 좋은 버섯이다. 올해도 고르는 사람이 꽤 많을 테니까 만남의 기회도 늘어날지 모른다.

역시 견실한 버섯이 나을까?

이왕이면 모험하는 게 나을까?

이걸로 해야지, 하고 정해도 바로 마음이 흔들렸다.

"아, 진짜 못 정하겠다, 못 정하겠어어어니알라토텝."

뒤에서 풉, 하고 무언가를 뿜어내는 소리가 났다. 큰일 났다, 하고 뒤를 돌아보니 비슷한 또래의 여자아이가 콜라를 사방으로 뿜어대고 있었다.

"아, 미안해요. 나도 모르게 입에서 나와서."

"니알라토텝*이 뭐야. 깜짝 놀랐잖아."

허둥대면서 냅킨으로 여기저기 닦으며 뒤돌아본 여자아이는 바로 근처에 있는 사립중학교 교복을 입고 있었다. 깔끔한 점퍼스커트에 약간 특이한 모양의 옷깃이 달린 블라우스가 예뻤다.

"이런, 감자튀김 완전히 맛 갔네."

콜라에 흠뻑 젖은 감자튀김을 들어 올리며 여자아이가 웃었다.

"미안해요. 변상할게요. 새 걸로 사다 줄게요."

"괜찮아. 다 먹었어. 근데 그쪽 자리로 옮겨도 돼? 여기 다 젖어서 아무래도 더는 못 앉을 것 같아. 다른 자리는 이미 다 찼고."

"아, 네."

짐과 접시를 들고 자리를 옮기는 여자아이를 당황해

• 미국의 소설가이며 현대의 호러 문학과 서브컬처 전반에 영향을 끼친 하워드 필립스 러브크래프트(Howard Phillips Lovecraft)가 창조한 '크툴루 신화'에 등장하는 신적 존재로, 혼돈과 파괴를 상징한다.

하며 몰래 훔쳐보았다. 화려하지는 않았지만, 다른 사람의 시선을 끄는 외모였다. 긴 단발머리가 얼굴을 따라 둥글게 말려 예뻤다. 부드러운 머리 모양과 진하고 굵은 눈썹이 잘 어울렸다. 나보다 키가 약간 더 클 뿐인데도 손발이 가늘고 길어보였다.

"도쿠에 고코."

"크흡."

손목뼈가 가늘어서 좋겠다고 부러워하며 보다가 순간적으로 이상한 목소리가 나왔다.

"성은 도쿠가와의 도쿠(德)에 에도의 에(江)이고, 이름은 이에야스의 야스 한자를 써서 고(康)에 코(子)를 붙여서 도쿠에 고코야. 역사를 죄다 모아놓은 것 같은 이름이지? 곳코라고 불러."

"아, 그게, 저는 고노 네오예요. 성은 상하(上下) 할 때 상에 평야(平野)할 때 야를 써서 고노, 이름은 음악(音樂) 할 때 음에 정서(情緒)할 때 서를 써서 네오."

"우리 말 놓자. 전에도 너 본 적 있어. 이 자리 자주 앉지?"

"아, 응. 여기가 의외로 넓고 기둥 뒤라 편해서. 그리고 이 가게는 감자튀김 간이 딱 맞아."

"오오, 나도 그런데. 여기 감자튀김은 바삭바삭한 것도 많아 맛있어."

그 말에 감자튀김이 젖었다는 걸 떠올리고 서둘러 내 것을 먹으라며 내밀었다. 곳코는 꺼리는 기색 없이 입으로 집어넣었다.

"그건 그렇고 뭐가 니알라토텝이야?'

"아, 버섯. 버섯을 아직 못 정해서."

"그건 진짜 니알라토텝이네."

"도쿠에, 아니 곳코는 벌써 정했어?"

"나도 아직. 고민 중이야. 네오는 후보 있어?"

곳코가 내 카탈로그를 가져가더니 펄럭펄럭 넘겼다.

"소녀두엄먹물버섯이나 기와버섯 중에서 할까 해. 근데 다른 버섯도 계속 고민돼."

"와, 뭘 좀 볼 줄 아네. 소녀두엄먹물버섯은 덧없는 느낌이 들어서 좋고, 기와버섯은 색깔이 청자 같아서 아름답잖아."

"곳코는?"

"이왕 하는 거 흰가시광대버섯으로 해버릴까 싶어. 너

무 강할까?"

"그럼 차라리 독우산광대버섯이 낫지 않아?"

디스트로잉 엔젤, 하고 둘 다 동시에 말이 튀어나왔다. 죽음의 천사라고 불리는 독우산광대버섯은 새하얗고 호리호리해서 추앙하고 싶을 만큼 아름답다. 그렇다 보니 이 버섯을 고르는 사람은 잘 없지만, 나는 좋아한다. 이런 마음을 나눌 수 있어 아주 기뻤다.

곳코는 버섯에 관해서라면 뭐든 다 알았고, 말하는 속도도 적당해 금세 친해졌다. 살면서 이렇게 빨리 이름 대신 애칭으로 부르게 된 사람은 곳코가 처음일지 모른다.

4

그때부터 학교가 끝나면 나와 곳코는 자연스럽게 그가게에 모였다. 버섯은 몇 번을 만나도 못 정했다. 그렇지만 곳코와 이야기를 나누는 건 즐거웠다.

곳코가 다니는 사립중학교는 "안녕하십니까."라고 격식을 차려서 인사해야 하는 곳으로, 학교에서는 내숭을 떠니까 자기를 칭할 때 '제가'라고 한다고 알려주었다.

그렇지만 내 앞에서는 '나'라면서 개업 의사인 아버지오
웹디자이너인 어머니, 세 살 위인 오빠와 밋참이라는 이
름의 범무늬 고양이 이렇게 다섯이 산다고 했다.

이런 이야기에 나도 내 이야기로 답했다. 말은 실타래
를 풀듯이 술술 이어졌다. 학교에서는 생각하면서 천천
히 말하는 나를 두고 다들 둔하다고 여겼다. 말의 의미와
모양을 파헤치면서 딱 맞는 말을 찾아내고 싶은데 내가
그 한마디를 발견하면 공을 주고받듯이 빠르게 말하는
동급생들은 순식간에 저 멀리 가 있었다.

곳코도 툭툭 던지듯이 말했지만 늘 달이 닿은 그곳에
서 나를 기다렸다. 때로는 돌아와서 손을 내밀어 유달리
찾기 어려운 말을 함께 찾아주었다. 곳코와 이야기를 나
누다 보면 틀려도 상관없고 오락가락해도 괜찮았다.

"우리 전생에 버섯 아니었을까?"

턱을 괴면서 문득 곳코가 말했다.

"어쩌면 같은 균사에서 태어났을지도 몰라."

나와 곳코가 버섯이 되어 함께 나란히 있는 모습을 상
상하자, 꽤 사랑스러웠다.

"진짜 그럴지도 몰라. 그래서 말이 잘 통하나?"

"네오, 있지 말이야."

곳코가 평소답지 않게 머뭇거렸다.

"있지, 싫으면 어쩔 수 없는데."

감자튀김에 시선을 떨군 채 잘근잘근 씹으며 말했다.

"우리 같은 균종으로 하지 않을래?"

"뭐? 아, 음, 그럴까?"

"정말?"

얼굴을 번쩍 들자, 머리카락이 부풀면서 흔들렸다. 그 안에서 초롱초롱한 눈이 나를 바라보고 있었다. 그 반짝임에 눈앞이 아득해졌다.

"그게, 어, 그러니까, 우리 계속 같이 고르고 있기도 했고. 곳코와는 어떤 이야기든 다 할 수 있으니까……. 같은 버섯으로 하면, 더 재미있게 지낼 수 있을 것 같아."

눈앞이 아득해지고 두근거려 더듬더듬 겨우 말을 이었다.

"우와, 진짜 기쁜데. 네오, 정말 정말 좋아해."

거침없이 날아온 말에 숨이 멎는 듯했다.

"응, 나도 곳코 좋아해."

괜찮았을까, 목소리 떨리지 않았을까, 머뭇거리지 않

았을까? 곳코는 늘 엄청난 공을 던진다. 내 배 한가운데
로 날아온 공이 쿡쿡 쑤시는 듯한 이상한 아픔을 남겼다.

겹겹이 쌓인 잎들. 썩고 바스러진 틈새.
균사를 찔러 넣어 느슨하게 해 억지로 벌린다.
두꺼운 원뿌리, 가는 잔뿌리가 지면에 빽빽하다.
균사가 뿌리들을 따라가며 칭칭 감아 몰래 숨어 들어
간다.
충만하게 가득 한껏 채운다. 환희와 만족을 공유하고
나누면서.
저 멀리까지 늘어뜨리고 늘어뜨린다. 그곳이 어디든
균사를, 손가락을 길게 뻗어 저 아득히 멀리. 나의 새하
얀 실을 너를 향해 길게 늘어뜨린다.

5

생리가 시작되었다.
내 몸은 멋대로 준비를 시작해 자궁을 꿀렁꿀렁 움직
여 내벽을 떼어내며 토해내기 시작했다. 초경이었기 때

문에 어찌나 기세가 등등한지 생리의 증상이라는 증상
은 모조리 끄집어냈다.

은근하게 쥐어짜는 복부의 통증은 진통제를 먹으면
나아졌다. 하지만 몸이 무겁고 다리가 부어 매시근했으
며, 옷을 갈아입을 때마다 코에 닿는 냄새가 거북했다.

이틀 동안 학교를 쉬었다. 그 사이 자다 깨기를 반복하
며 밥을 먹고 약을 먹고 또 잤다.

생리가 끝난 후에도 학교 위원회나 집안 행사가 이어
져 곳코와는 거의 2주 만에 만났다. 중간중간 메시지로
이야기를 나누었지만, 오랜만에 얼굴을 보니 다시 배가
쥐어짜듯이 아파 당황했다. 어, 생리는 원래 이렇게 또
빨리 오는 걸까?

"괜찮아?"

"안 괜찮아."

"그래 보여."

"진짜 짜증 나. 아프고 속도 안 좋고 열감도 있는 데다
가 설사까지 하고 기분까지 엉망이야. 전부 다 짜증 나.
애 안 낳아도 되니까 내 인생에서 생리 따위 사라졌으면
좋겠어."

숨도 쉬지 않고 쏟아낸 다음 테이블 위로 풀썩 엎어졌다. 곳코가 내 뒷머리를 주춤주춤하면서 부드럽게 쓰다듬었다. 박하사탕처럼 하얗고 가는 곳코의 손가락이 머리카락 사이로 미끄러졌다.

"식균하면 그런 아프고 힘든 일, 나한테 반 줘."

곳코는 아직 초경이 오지 않았다. 호리호리하고 체중도 많이 나가지 않아 다른 여자아이들보다 조금 늦는 듯했다. 만나지 못할 때도 힘들어하는 나를 걱정했지만, 이런 고통이나 괴로움을 곳코는 모른다그 생각하니 외로웠다. 서로 공감할 수 없는 일이 생기고 말았다. 그렇지만 말로는 채울 수 없는 두 사람 사이를 마이코파시라면 이어줄 것이다.

"아무 도움도 되지 못해 미안해. 네오의 그 아프고 힘든 상태랑 얼른 낫기를 바라며 걱정하는 내 마음을 빨리 나눌 수 있다면 좋겠다."

박하사탕 같은 손가락이 뱃속의 아프고 불쾌하면서 울렁거리는 곳까지 살살 쓰다듬어주는 듯했다. 이런 생각이 들자, 앞으로 몇십 년이나 이어질 생리의 고통도 참을 수 있을 것 같았다.

"후훗, 이거 그거네. 기쁨은 나누면 배가 되고 슬픔은 나누면 반으로 준다."

"맞아. 아플 때도 건강할 때도."

무언가가 톡톡 터지듯이 간질간질하면서 상쾌하고 따뜻한 기분이 샘솟았다. 이런 느낌 뭐지……, 이게 뭐지? 혼란스럽고 당황스러워 어찌할 바를 몰라 얼굴도 들지 못한 채 머리를 쓰다듬는 곳코의 손을 꽉 잡았다. 곳코의 손이 내 손가락과 뒤엉켰다. 이상하게 너무 황홀하고 기분이 좋아 그냥 이대로 평생 있고 싶다는 마음이 간절하게 들었다.

그렇게 생각하고 있었는데.

"저기요."

누가 누구에게 말을 거는지 파악이 되지 않아 살짝 눈을 들었다. 테이블 옆쪽으로 바지를 입은 다리가 보여서 서둘러 몸을 일으켰다. 종종 이 패스트푸드점에서 보는 두 남자아이였다. 의외로 키가 컸고 생각보다 얼굴이 잘생겼다.

"저기, 항상 여기에 둘이 같이 있길래 왠지 좀 신경이 쓰였어."

"우리도 둘이니까 이왕이면 말 걸어보면 어떨까 싶었는데 괜찮아?"

아, 성가시게 되었네, 하고 경계하면서 거절하려고 했다. 그런데 곳코가 내 얼굴을 보고 "네오, 괜찮지?" 하고 묻더니 두 사람에게 자리를 내주었다. 붙임성이 좋아도 문제다.

두 사람은 아메다 유야와 시게스미 가이치라고 자신을 소개했다. 그러자 바로 곳코가 유야, 가이치라고 친근하게 불렀다. 유야는 눈까지 내려올 정도로 길고 검은 머리에 자세가 좀 구부정했고 쌍꺼풀이 없었다. 가이치는 아이돌처럼 강아지 같은 인상을 지녔고 머리는 짧았으며 눈이 약간 처져 있었다.

곳코는 마치 옛날부터 친구였다는 듯이 두 사람과 대화를 나누었다. 나는 이상하게 기분이 안 좋았다. 그런데 왜 기분이 안 좋은지, 어떻게 하면 기분이 풀릴지 도무지 알 수 없어 줄곧 입을 꾹 다물고 있었다. 두 사람은 내가 풀이 죽었다고 생각했는지 이래저래 신경을 썼다. 집에 가고 싶었다. 배가 아프지 않은데 아팠다. 멍하니 있는 사이, 이야기가 점점 발전하더니 다음에 노래방에 학께 가자는 약속까지 생겨 있었다.

집에 가는데 곳코가 휴대전화로 메시지를 보내왔다.

"괜찮아? 아직도 몸 안 좋아? 집에 가서 편하게 쉬어."

그 메시지 다음에 "단것 왕창 먹어 버려."라는 말과 함께 음흉하게 웃는 악마의 얼굴 이모지가 찍혀 있었다. 응이라는 말도 싫다는 말도 쓰지 못하고 손가락이 계속 허공을 맴돌았다. 그렇지만 읽었다는 표시가 떠 있는데 답장을 늦게 보내면 진짜로 몸이 안 좋다고 생각할 수도 있었다. 메시지를 몇 번이나 썼다가 다 지우고 딱 한 마디만 보냈다.

"그럴게."

분명 곳코랑 이야기하고 있는데 같은 반 친구들과 이야기하는 것 같았다. 코 안쪽이 찡해지면서 눈물과 콧물이 함께 쏟아지려고 했다. 조금 전까지 손을 잡고 있었는데 이제는 메시지로도 이어져 있지 않았다.

"나는 왜 이렇게 유별날까. 정말 진절머리 나!"

저녁에는 엄마가 만든 치킨가스를 화풀이하듯이 잔뜩 먹었다. 나 따위 뒤룩뒤룩 살쪄도 상관없어. 볼품없어져서 사람들한테 무시나 당하면 돼.

최근에 내가 잘 먹지 못해 걱정하던 엄마는 반겼지만, 자기혐오와 속쓰림 때문에 계속 속이 울렁거렸다.

6

생각보다 유야, 가이치와 함께 놀아도 싫지 않았다.

처음에는 곳코에게 화풀이하는 심정으로 억지로 해맑게 즐기는 척 했지만, 유야와 가이치가 잘 받아주어 편하게 이야기할 수 있었다. 그런 나를 곳코는 그저 미소를 지으며 바라볼 뿐이었다.

두 남자아이는 이미 식균을 마친 후라 쇠골에 넣은 표식을 쑥스러워하면서 보여주었다. 둘 다 광대버섯이었다. 뭔가 금방 알기 쉽네.

식균을 실시하는 특별지각확장접종센터는 버섯 하우스라는 아주 가벼운 애칭으로 불리는데 둘은 식균을 마친 뒤 일주일 정도 묘하게 이상한 꿈만 꾸었다고 했다. 둘과 같은 반 친구 중 하나는 기세 좋게 허세 부리며 바보송이라고 불리는 버섯을 골랐다가 지금 엄청나게 후회한대서 깔깔대며 웃었다.

"네오는 첫인상과는 참 다르구나."

"그날은 잠을 잘 못 잔 날이었거든."

"그랬구나. 갑자기 말 걸어서 경계하는 줄 알았어. 다행이다. 오늘은 평범해보여서."

평범하구나. 이 모습이 둘이 생각하는 평범한 나라는 생각이 들자, 마음이 편해졌다. 같은 학교 남자아이들과는 다르게 이 둘 앞에서라면 새로운 네오로 있을 수 있었다. 뭔가 실수해도 다시 안 보면 그만이니까. 두 사람이 보고 있는 밝고 쾌활하고 분위기를 잘 맞추는 네오로 존재하는 게 즐거워서 더 신난 모습을 보였다. 평소에 부르지 않는 노래도, 마시지 않는 탄산도, 새로운 네오라면 도전할 수 있었다.

화장실에 갔던 유야가 내 옆에 털썩 앉더니 가이치와 눈을 마주치고 웃었다. 그런 뭔가 꿍꿍이가 있는 듯한 얼굴에서 둘만의 비밀 대화가 엿보인듯해 가슴이 철렁했다. 부럽다, 나도 빨리 곳코와 저렇게 연결되었으면 좋겠는데.

갑자기 유야가 몸을 바짝 붙였다. 왜 이러지? 너무 가깝다고 싫은 티를 내야 할까? 아니면 새로운 네오라면 이런 일 따위 신경 쓰지 않을까? 허벅지가 닿으면서 옷을 지나 체온이 전해졌다.

곳코와 가이치는 어려운 랩이 들어간 노래를 함께 부르고 있었다. 가이치가 틀릴 때마다 유야가 야유를 날렸다. 어느새 뒤쪽 등받이에 유야의 손이 올라가 있었다. 지금 여기에서 피하면 싫어한다고 생각할 것 같았다. 사로운 네오는 그렇게 하지 않겠지, 이게 평범한 거니까. 대수롭지 않은 듯 유야를 보고 웃었다. 유야도 마주보고 웃었다. 그러자 손이 어깨를 감싸더니 힘을 꽉 주어 얼굴이…….

힘껏 머리를 숙이자, 이마가 유야의 입과 턱에 탁 부딪혔다. 그 기세로 벌떡 일어나 이마를 누르면서 노래방에서 뛰쳐나갔다.

유야의 이가 부딪혀 이마가 찢어졌을지도 몰랐다. 그보다 침이 묻어 있을 것 같아 찝찝해서 견딜 수 없었다. 씻고 싶었다. 그렇지만 빨리 여기에서 벗어나지 않으면 쫓아올지도 몰랐다. 이마를 꽉 누른 채 울상인 얼굴로 계속 달렸다.

숨이 헐떡헐떡 차올랐을 때 마침 작은 공원이 나왔다.

공원 음수대에서 얼굴을 박박 씻었다. 아무리 문질러도 이마의 고통과 찝찝함은 사라지지 않았다. 손수건이고 뭐고 아예 가방을 통째로 노래방에 두고 왔다는 사실을 깨닫고 물이 뚝뚝 떨어지는 얼굴로 벤치에 털썩 앉았다.

주머니에서 진동이 느껴졌다. 휴대전화였다. 곳코한 테서 걸려온 전화였다.

"지금 어디야?"

"나도 몰라. 무슨 공원이야."

"거기 있어. 지금 바로 갈게."

진짜 금방 곳코가 왔다. 전속력으로 달려온 듯 머리가 헝클어져 있었다. 나를 발견하자마자 눈앞까지 뚜벅뚜벅 걸어오더니 쭈그리고 앉아 얼굴을 들여다보았다.

"무슨 일 있었어?"

"아, 아무 일도 없었어. 아, 그게 아니라, 키스하려고 했던 것 같아. 그래서 갑자기 당황해서."

곳코가 한숨을 푹 쉬었다. 그러더니 손수건을 꺼내 내 얼굴을 닦기 시작했다.

"그럴 줄 알았어. 이제 괜찮아. 그 녀석 한동안 그런 짓 절대 못 할 테니까."

"왜?"

"앞니가 부러졌거든."

"뭐? 내가 이마로 그런 거야?"

"아니야. 나, 내가 부러뜨렸어. 마이크로 때렸거든. 그 김에 가이치도."

"때, 때렸다고? 뭐어어어어어어?"

곳코가 거침없이 얼굴을 닦던 손을 멈추고 끄덕였다.

"미안해. 네오가 억지로 어울리는 거 눈치채고 있었는데."

알고 있었구나. 그게 왠지 기분이 좋아 입꼬리가 올라가려는 걸 막으려고 입술에 힘을 꽉 준 채 고개를 떨구었다. 곳코가 서둘러 손을 잡았다.

"진짜 미안해. 다 내 잘못이야. 뭔가 마음이 초조했어. 요즘 들어 네오랑 늘 함께 지내며 즐거웠거든. 그런데 네오를 나 혼자 독차지하면 안 될 것 같다는 생각이 들었어. 남자아이들과 어울리면 뭔가 더 평범해지지 않을까 싶었고."

나였다면 꼬이고 마는 말들인데 곳코는 조리 있게 술술 말했다. 그런데 알 수 있었다. 곳코의 말이라면 언제든 다 이해할 수 있었다. 우리, 좀 더 대화를 나누었다면 좋았을 텐데.

"네오, 화났지? 미안해, 정말 미안해……."

곳코가 울고 있었다. 어떡하지, 곳코를 울리고 말았어.

"그렇지 않아. 곳코 잘못이 아니야. 다 내 잘못이야."

곳코가 울음을 그쳤으면 해서 필사적으로 쥐어짜듯이 말했다.

"아마, 내가 좀, 이상할지도 몰라. 처음에는 잘 어울리는 줄 알았어. 그런데 너무 가까이 다가와 딱 붙어서, 그랬더니 징그러워져서…… 남자아이와 손을 잡는다든지 키, 키스한다든지, 그렇게 하는 게 너무 무섭고, 소름 끼쳐서, 싫어."

어느새 나도 울고 있었다. 곳코가 애써 닦아준 얼굴이 다시 흠뻑 젖을 텐데. 하지만 말이 이번에는 서로 엉켜서 입에서 줄줄 나와 멈출 수 없었다.

"곳코가 유야나 가이치랑 사귀면 어떻게 하지. 이런 생각이 드니까 너무 무서웠어. 나는 절대 사귈 수 없으니까. 그러면 분명 곳코가 나를 잊어버릴 것 같았어. 곳코와 함께 있고 싶어. 어떡하지, 나. 곳코를 좋아하나 봐."

결국 입 밖으로 내뱉고 말았다.

그렇구나, 좋아하는구나. 맞아, 좋아해. 곳코를 좋아해. 진짜 진짜 좋아해.

"곳코라면 손을 잡아도 키스해도 징그럽지 않아."

다 쏟아내고 난 뒤 이제 나는 끝났다고 생각했다.

곳코가 질겁하면서 나를 징그럽다고 여길 게 분명했다. 머릿속 한가운데가 찌릿찌릿 저렸다. 그렇지만 이저 되돌릴 수 없다. 내가 내 손으로 끝내고 말았다. 무서워서 곳코의 얼굴을 쳐다보지 못했다.

"후훗."

어? 곳코가 웃잖아⋯⋯?

"네오, 미안해. 내가 백만 번 사과할게."

곳코가 고개를 숙이고 있는 내 볼에 손을 대더니 얼굴을 쓱 올렸다. 피하지도 못하고 곳코와 시선이 부딪혔다. 지금 나는 당연히 못생겼을 테니까 보여주고 싶지 않았다. 고개를 숙이려고 안간힘을 쓰는 나와, 절대로 그렇게는 안 된다는 곳코 때문에 볼이 완전히 찌그러졌다. 이대로라면 얼굴이 더 못생겨질 거라고 깨닫고 저항을 포기했다. 볼에 닿은 곳코의 손이 차가워 기분이 좋았다.

"있지, 나도 그래. 내 마음도 네오의 마음도 알 수 없었어. 근데 이게 평범하지 않다는 생각이 드니까 불안해지더라고. 그래서 그 두 사람을 이용해서 시험한 거야. 미안해."

곳코의 눈이 웃는 것도 우는 것도 아닌 표정으로 일그러졌다.

"나, 네오를 좋아해. 네오하고 있고 싶어. 네오와 더 많은 걸 하고 싶어."

곳코의 얼굴이 가까이 다가왔다. 머리카락이 얼굴을 스치더니 입술이 이마에 닿았다.

"소독."

곳코가 싱긋 웃었다. 곳코의 손이 화상을 입지는 않을까 싶을 정도로 내 볼과 귀가 달아올랐다.

"근데, 어쩌면, 입에도 닿았을지도, 몰라……."

"뭐? 그 녀석 앞니 말고도 온몸의 뼈를 다 부러트려야 했는데!"

"곳코, 그러면 안 돼. 경찰이 잡아가."

"그건 안 되지. 하지만 소독은 할 거야."

곳코의 입술이 이번에는 정확하게 내 입술에 닿았다.

달콤하고 부드러워 행복했다. 근데 레몬이나 딸기보다는 닭고기 같은 감촉이라고 말했더니 어이없어했다.

드디어 찾았다. 너를 찾았다.

하나가 되는 기쁨, 서로 어우러지는 행복. 포자를 흩뿌리고 균사를 이어 터트리고 퍼트려 구석구석 충만하게 가득 채워라.

너는 나, 나는 너.

7

우리는 여전히 버섯을 고르는 일을 함께 고민했고, 종종 몰래 손을 잡았으며, 훨씬 자주 입을 맞추었다.

굣코의 집에 놀러 갔을 때는 고양이 밋참이 내키지 않아 하면서도 쓰다듬는 것을 허락했다. 굣코가 우리 집에 하룻밤 자러 왔을 때는 엄마가 의욕에 넘쳐 몽땅 만든 수제 치킨가스를 다 먹어 치웠다.

학교에서 수업을 받다가 문득 굣코의 속눈썹 아래로 드리워지는 그림자나 손톱 모양 등이 떠오르면 입가에 미소가 번져 교과서로 감추곤 했다. 내 이런 마음처럼 곳코도 나를 떠올렸으면 좋겠는데.

"네오, 이거 어때?"

늘 가는 패스트푸드점의 언제나 같은 자리에서 곳코가 도서관에서 빌려온 버섯 도감을 펼쳐 보여주었다.

"유리나팔버섯[•]……?"

갓은 둥글고 뭉실뭉실했고 물결무늬가 들어가 있었다. 색깔은 빛바랜 청바지처럼 회색빛이 감도는 파란색이었다.

"락타리우스 인디고, 무당버섯목 무당버섯과, 즉 균근균이야."

곳코가 우쭐대듯이 말하며 페이지를 넘겼다. 감자튀김을 먹으면서 들여다보던 나는 순간 숨이 멎어 기관이 막힐 뻔했다. 꿈에서나 나올 법한 색깔이었다. 유리라는 이름에 걸맞게, 버섯이라는 생각이 들지 못할 정도로 아름다운 보라색이 감도는 파란색을 띠고 있었다. 부드러

[•] 국내 학명은 남보라젖버섯으로 내용 흐름을 위해 원문을 살려 유리나팔버섯으로 번역했다.

운 주름이 방사형으로 뻗어나가 있었고, 표면의 색도 더욱 선명하고 그윽했다.

"치맛주름처럼 생겼네. 꼭 우리 교복 같다."

"안 돼. 들춰서 속을 보이면."

곳코가 웃었다. 근데 정말 이렇게 생기면 좋겠다. 우리가 치마 안에 숨기고 있는 것이 이렇게 은밀한 색이면 얼마나 좋을까. 붉은 피가 뿜어져 나오는 내장이 아니라.

"이 버섯, 진짜 마음에 든다."

"무당버섯 계열이라 잘 알려져 있지는 않은데 어떻게 할래?"

뇌근균 중에서는 주름버섯목 광대버섯과가 가장 종류가 많았다. 누구나 잘 아는 새빨간 갓에 하얀 점들이 총총 박힌 버섯 중의 버섯인 광대버섯이나 매끈매끈한 조색의 귀여운 달걀버섯, 새하얗고 아름답지만 맹독성의 독우산광대버섯 등 유명한 버섯이 다 이 과에 속했다. 그렇지만 이 유리나팔버섯은 일본에서는 희소해 잘 알려져 있지 않았다.

"희소성이 있으니까…… 어쩌면 진짜 사랑하는 사람을 만날 기회가 줄어들지도 모르는데 괜찮아?"

"응, 괜찮아. 수많은 모르는 사람보다 나는 곳코 하나면 돼."

곳코가 다른 사람과 만나지 않도록 희소한 버섯을 고르고 싶다는 말까지는 하지 않았다.

"그럼 이걸로 할까?"

곳코의 하얀 손가락이 유리나팔버섯 사진의 테두리를 쓰다듬었다. 눈이 마주치자 두 사람 사이를 은색 포자가 이어주는 듯한 기분이 들었다.

"아플 때도 건강할 때도."

"죽음이 둘을 갈라놓을 때까지."

"꿈만 같아."

"행복해."

곳코의 눈동자가 벌써 유리나팔버섯의 색으로 물든 듯했다.

8

세 번째 생리가 만들어낸 부산물은 복통과 온몸이 녹아내리듯 쏟아지는 잠이었다. 내 몸은 닥치는 대로 생리의 증상을 시험해보기로 작정이라도 했는지 매번 다른 카드를 내밀었다.

아침부터 일어나지 못해 다시 학교를 쉬었다. 꾸벅꾸벅 졸면서 진통제가 듣기를 기다리는데 누가 방문을 조용히 노크했다.

"네오, 단것 좀 마실래?"

아빠였다. 그러고 보니 오늘 오전에는 집에서 재택근무를 한다고 했지. 꼭 회사를 나가봐야 했던 엄마 대신 일부러 집에 남았는지도 모른다. 왠지 좀 부끄러워 나도 아빠도 몸 상태가 어떤지는 서로 말을 꺼내지 않았다.

"음, 마실래……. 우유는 70퍼센트로."

조금 있으니, 아빠가 살짝 문을 열고 머그잔에 가득 담긴 커피 우유를 들고 들어왔다. 아주 좋아하는 바닐라 마카다미아의 향기가 감돌았다. 내가 아직 어렸을 때, 부모님이 커피를 마시는 걸 보고 나도 마시고 싶다면서 엉엉 운 적이 있었다. 그러자 어느 날 아빠가 디카페인 플레이버 커피를 사 왔다. 따뜻하게 데운 우유에 아주 조금 향을 내는 정도로만 커피를 넣고 설탕을 가득 넣은 '단것'은 그때부터 내가 가장 좋아하는 음료가 되었다. 커가면서 커피의 양을 조금씩 늘려 지금은 40퍼센트까지 넣어 마실 수 있다.

머그잔을 받아들고 양손으로 감쌌다. 따뜻한 김 속으로 코를 들이밀자 그 향기만으로도 배의 통증이 사그라드는 듯했다.

"있지, 아빠. 마이코파시는 어떤 느낌이야?"

하릴없이 서 있던 아빠에게 말을 걸었다.

"말로 설명하기는 좀 어려운데."

"다들 그렇게 말하더라고."

"그럼 어떻게든 표현해볼게."

아빠가 내 손에서 머그잔을 받아들더니 책상 위에 놓은 다음, 손을 펼쳐 내 볼을 지탱하듯이 감쌌다.

"어때?"

"어……, 따뜻한데."

당황스러웠지만, 대답했다. 머그잔으로 따뜻해진 손바닥의 열이 볼로 살며시 전해졌다.

"이게 마이코파시. 그리고"

이번에는 검지를 볼에 대었다.

"이게 우리가 평소에 하는 대화. 직접적으로 전달되지

만, 따뜻한지는 알기 어려워. 이런 느낌이야."

"알쏭달쏭한데."

"그렇지?"

아빠가 씁쓸하게 웃으면서 머그잔을 건넸다.

"그럼 엄마랑 싸울 때는 없어? 서로 의견이 안 맞거나 해서."

"의견은 각자 다 다를 수밖에 없지. 같은 사람이 아니니까. 그렇다고 크게 어긋나거나 하지는 않아."

"흠. 아빠랑 엄마는 말이야. 처음에 만났을 때 이 사람이다, 하는 느낌이 있었어?"

아빠가 생각에 잠겼다. 내가 천천히 할 말을 고른 다음에 이야기하는 건 아빠를 닮았구나.

"아빠랑 엄마는 대학교 동창이야. 그렇지만 처음 만났을 때 엄마는 이미 사귀는 사람이 있었지. 그것도 꽤 열렬하게. 엄청 부러웠어."

"부럽기만 했어? 아빠는 엄마를 좋아하지 않았어?"

"그때는 아직 친구였어. 그렇지만 엄마와 남자 친구는 결국 잘 되지 못했어. 그 사람이 다른 사람을 좋아하게 되었다더라고. 그 사람도 어쩌지 못하는 감정이었겠지.

그렇지만 연인의 마음이 자기에게서 멀어지는 것을 느낀 엄마는 너무 괴로워 애를 태우다가 완전히 자포자기 상태가 되었어."

"으……, 진짜 힘들었겠다. 그래서 어떻게 했어?"

"그 사람을 날려버렸지."

"어?"

"일주일 정도 쉬고 나서 마음을 정리하고 헤어지기로 결심했대. 그런데도 여전히 마음이 풀리지 않는다면서 그 마음의 크기만큼 가지고 있던 책 중에 가장 두꺼운 심리학 교과서를 골라 상대방을 향해 전력을 다해 휘둘렀지. 이렇게 말이야."

아빠가 야구 헛스윙을 하듯이 손에 가짜 책을 들고 가짜 상대방에게 내리꽂았다. 이상하다, 이 장면 왜 낯설지 않지?

"그래서?"

"상대방은 미안하다고 진심으로 사과했고 그 뒤로는 되도록 학교 안에서 마주치지 않으려고 피해다녔어. 학부가 달라 그나마 다행이었지."

"그래서 아빠는?"

"나는……."

아빠가 우물쭈물했다. 평소에 좀처럼 보기 어려운 모습이었다.

"그때 나는 우연히 학생 식당에 있었어. 그래서 엄마가 전력을 다해 책을 휘두르는 모습을 다 보았지."

"엄마는 학생 식당에서 남자 친구를 날린 거야? 사람들 다 보는 앞에서?"

"엄청나지? 그걸 보고 놀라서 이 사람은 도대체 어떤 사람이지, 하고 그때부터 신경이 쓰이기 시작했어. 내가 신경 쓰니까 엄마도 자기한테 관심을 보이는 사람이 어떤 사람인지 궁금해졌고. 그렇게 균종도 같아서 사귀게 되었어."

"운명이네."

"운명인가?"

"그럼 말이야, 만약 마이코파시가 없었다면 엄마와 아빠는 사귀지 않았을 거 같아?"

"질문이 너무 짓궂은데? 사귀었을 거라고 생각하고 싶지만, 알 수 없지. 엄마랑 그 남자 친구는 헤어졌겠지만, 과연 나와 만날 수 있었을까?"

"으아, 무섭다 무서워. 어쩌면 내가 안 태어났을 수도 있잖아. 마이코파시에게 고마워해야겠네."

농담으로 말을 돌렸지만, 아빠는 진지하게 말했다.

"괜찮아, 네오도 언젠가 특별한 상대와 만날 수 있을 거야."

살짝 장난을 치고 싶어졌다.

"벌써 만났을지도 몰라."

말문이 막힌 아빠가 내 시선을 피해 목 뒤쪽의 주름이 있는 곳을 긁으며 안절부절못했다. 그러다가 무언가 말을 쥐어짜 내려는 듯 입을 아름작아름작했다. 내가 조금 심했나.

"에이, 농담이야. 그리고 만약 그런 상대가 있어도 걱정할 일은 없을 테니까 안심해."

"그렇구나."

다시 한번 한숨짓듯이 그렇구나, 하고 말하더니 아빠는 서둘러 방에서 나갔다.

곳코 이야기를 언젠가 할 날이 올까? 아빠도 엄마도 곳코를 마음에 들어 하니까 좋아하면 좋겠다.

이제 곧.

이제 곧.

이어진다.

9

그로부터 5개월이 지나고 나서야 나와 곳코는 식균을
할 수 있게 되었다. 곳코의 초경이 좀처럼 오지 않았기
때문이었다.

식균은 2차 성징이 나타날 때까지 힐 수 없다. 뇌근군
정착이 황체형성 호르몬과 관련되어 있다고 했다. 도저
히 식균하고 싶지 않은 사람들은 기피제를 투여받아 자
연 감염을 막았다. 그게 더 몸에 안 좋을 듯했지만.

곳코가 준비될 때까지 기다리는 사이, 반 친구들은 차
례차례 식균을 끝냈다. 쇠골에 들어간 식균 표식을 서로
우쭐대며 보여주거나 여봐란듯이 황홀한 표정으로 공허
한 눈빛을 하는 친구가 늘어났다.

부모님에게는 무서우니까 친구랑 함께 가겠다, 시간
이 너무 지체될 듯하면 혼자라도 가겠다고 설명해두었

다. 양호실 선생님과도 의논해 반년이라는 유예기간을 얻었다. 아슬아슬하게 그 기간 안에 들었다면서 우리 둘은 가슴을 쓸어내렸다.

그렇지만 기다리고 기다렸던 곳코의 생리는 증상이 나보다 더 심했다. 늘 모이는 패스트푸드점에 거의 기어들어오다시피 하며 나타난 곳코는 좀비 같은 얼굴로 "너무 우습게 봤나 봐."라면서 신음했다. 나는 선배라도 된 양 그럴 줄 알았다면서 충전식 난로를 선물했다.

"아아아아아아, 정말 따뜻하다아아아아아."

바로 난로의 전원을 켠 뒤 배에 놓고 껴안으면서 곳코가 끙끙거렸다. 나란히 앉은 우리 무릎 위에 상의를 펼쳐 곳코의 배까지 올라오도록 덮었다. 곳코가 내 어깨에 머리를 털썩 기댔다.

"괜찮아? 갈 수 있겠어?"

"응. 이번 주말에 가야지."

"정말로 괜찮아? 조금 미루어도 돼."

"여기까지 어떻게 왔는데. 이번 주말 전에는 생리도 끝나겠지."

"드디어네."

"드디어야."

곳코가 다크 서클이 내려앉은 눈으로 웃었다. 딱 붙어 앉은 곳코에게서 난로의 따스함이 살포시 전해졌다. 웃옷 아래에서 곳코의 손을 잡았다. 가느다란 손가락이 힘을 실어 줬었다. 깍지를 낀 손가락과 손가락에서 하얀 실이 길게 늘어지는 모습이 보이는 듯했다. 앞으로도 쭉 건강할 때도, 아플 때도, 기쁠 때도, 슬플 때도, 부유할 때도, 가난할 때도, 두 사람을 이어 감싸그 하나로 만들어줄 실이.

"나, 곳코만 있으면 그걸로 충분해."

"가끔 보면 네오는 참 저돌적이야."

"곳코는? 나 말고 다른 사람 필요해?"

"가족이랑 밋참은 있었으면 좋겠어."

"그런 거 말고."

"알아, 알아. 그런데 솔직히 말하면 아기는 갖고 싶어."

"응? 정말?"

어떻게? 누구랑? 물으면 안 될 말이 머릿속을 흘러갔다. 동시에 나만 있으면 안 되는 거야?, 하는 가슴을 꽉 조이는 듯한 아픔도 느꼈다.

"뭔가 나로 태어난 이상, 그건 이루고 싶어. 생리도 헛되지 않았으면 좋겠고."

"나는 생리 안 해도 되는데."

문득 유야의 얼굴이 가까이 다가왔을 때 일이 떠올라 음료를 마시려는 척하며 손을 풀었다. 잡고 있던 손바닥의 열기 때문에 땀이 나서 물방울이 맺힌 컵에 손이 찰싹 달라붙었다.

곳코와 손을 잡을 때, 곳코와 입을 맞출 때, 늘 이대로 하나가 되면 좋겠다고 생각했다. 피부가 닿는 게 기분 좋아 서로에게 녹아들고 달라붙어 이대로 잠에 빠져 몽롱한 행복 속에 둥둥 떠 있고 싶었다.

그런데 곳코는 내 마음과 다른 걸까?

생리도 출산도 필요 없다. 다른 사람은 다 필요 없다. 우리 둘 사이에, 나와 곳코 사이에 그 누구도 들어오지 않았으면 좋겠다.

"네오, 왜 그래? 괜찮아?"

"아, 응. 뭔가 아직 몸이 다 안 나았나봐. 오늘은 빨리 집에 가야겠어."

"데려다줄까?"

"아니야, 괜찮아. 곳코가 더 힘들잖아."

쟁반에 먹다 남은 감자튀김과 휴지를 담은 뒤 곳코의 걱정하는 눈빛을 가리듯이 들었다.

"미안해. 집에 가서 쉴래. 이번 주말까지 컨디션 조절해야 하니까. 곳코도 얼른 가자."

아무렇지 않은 듯한 얼굴로 웃어보였다. 곳코의 몸에 닿지 않도록 양손으로 쟁반을 꽉 잡았다.

하얀 실이 길게 늘어진다. 이 실을 네 안에 넣고 싶다.

너의 실이 길게 늘어진다. 이 실을 내 안에 넣고 싶다. 넣고 싶다. 넣고 싶지 않다. 촉촉하고 차가우며 부드러운 실이 나를 찾는다. 길게 늘어져 다가온다. 틈새를 발견하고 집어넣어 느슨하게 벌리더니 비집고 들어온다. 그러지 마, 하지 마, 열지 마, 내 안으로 비집고 들어오지 마. 하얀 실이 나를 채워 새롭게 한다. 만족감에 몸을 떨면서 내 안에서 한껏 충만하고 가득하게, 충만하고 가득하게, 충만하고 가득하게, 충만하고 가득하게.

미리 받은 건강검진 결과와 원하는 식균종을 적은 서류가 같이 담긴 파일을 손에 꼭 쥐고 우리는 특별지각확장접종센터 대기실에 있었다.

유난히 눈부신 조명도, 벽에 걸린 추상화도, 고급스러워 보이도록 장식한 조화도, 아름다운 자연을 끊임없이 비추는 모니터 화면도 오늘은 이상하게 다 거슬렸다. 폴리우레탄 합성피혁으로 마감된 의자는 허벅지가 찰싹 들러붙어 축축했다. 긴 치마나 바지를 입었어야 했는데 잘못했다.

내가 긴장해서 그런지 곳코도 말수가 적었다.

식균 자체는 금방 끝난다. 머리를 고정하고 부분 마취를 하는 것도, 두개골에 작은 구멍을 낸 다음 소식자로 포자를 채운 하타기라고 불리는 캡슐을 삽입하는 것도 기계가 한 치의 오차도 없이 실행한다. 아주 안전하고 자극이 거의 없는 수술이다. 게다가 모든 과정은 전문 기술자가 참석해 현미경으로 지켜본다.

그런데도 내 손은 얼음장처럼 차가웠고 숨을 깊이 쉴

수 없었다.

"네오."

곳코가 속삭이듯이 불렀다. 대기실에는 다른 사람이 몇 명 있을 뿐이었지만, 편히게 이야기를 나눌 분위기도 아니었다.

"사랑해."

숨이 멎었다. 좋아한다거나 예쁘다는 말은 몇백 번, 몇천 번이나 했지만, 이 말은 처음이었다.

"갑자기 왜 그래? 지금 그런 말 할 때가 아닌데."

"왜, 뭔가 예감이 이상해?"

씽긋 웃는 얼굴을 보니 코 깊숙한 곳이 찡해졌다.

"나, 네오를 항상 불안하게 했지? 네오가 원하는 대답을 해주지 못할 때도 있었고 마음을 알아채지 못할 때도 있었을 거야. 미안해."

"아니야, 무슨. 나야말로 예민하게 굴어서 미안해."

곳코가 내 어깨에 기댔다.

"있지, 네오를 정말 좋아해. 만나서 기뻐. 인생에서 이렇게 빨리, 이렇게나 좋아하는 사람과 만나다니 늘 기적 같았어. 그래서 같이 유리나팔버섯을 식균해서 진짜 행복해."

"나도 그래."

"앞으로는 네오가 힘들 때나 아플 때 더 힘이 될게. 기쁜 일은 두 배가 되고 슬픈 일은 반으로 나눌 수 있도록."

"응."

"아플 때도 건강할 때도."

"죽음이 우리를 갈라놓을 때까지."

"죽음이 우리를 갈라놓을 때까지."

속삭임이 포개졌다. 서로에게 머리를 기댄 채 조용히 호흡을 반복했다.

"고노 씨, 5번 방으로 들어오세요. 도쿠에 씨, 8번 방으로 오세요."

서로를 부르는 소리에 눈빛을 교환하며 일어났다.

시술실에서는 분홍색 가운을 입은 여성이 기다리고 있었다. 파일을 건네자 마지막으로 확인했다.

"혈액 검사 결과, LH 수치도 충분하네요. 문제없이 시술할 수 있겠어요. 희망하는 식균은 유리나팔버섯이군요. 좋은 버섯을 골랐네요."

마스크를 쓰고 있어 표정은 읽기 어려웠지만, 안심할수 있는 평온한 목소리였다. 슬쩍 쇠골을 보니 서양송로라고 새겨져 있었다. 트뤼프의 식균 표식이다.

"저기, 유리나팔버섯을 고르는 사람도 있나요?"

"흔하지는 않아요. 그렇다고 아예 없는 것도 아닌데 많지도 않죠."

"같은 균을 심은 사람끼리는 마이코파시가 강해진다던데 정말이에요?"

"아, 음. 그렇게 알려져 있긴 하죠."

"알려져 있기만 하나요?"

"이건 개인적인 생각인데 가능성이 전혀 없지는 않은 것 같아요. 실제로 균종에 따라 전기 스파이크의 활발한 움직임이 다르기도 하고요. 동속이나 같은 버섯인 편이 정보를 주고받기 쉬울 수도 있죠. 친구와 같은 버섯으로 심기로 했어요?"

"아, 네. 약속했어요."

"다시 물을 필요도 없겠지만, 평생 가지고 가야 하니까 잘 생각해요."

당연하다. 나는 평생 곳코와 함께 있고 싶다. 사랑한다

고 말해준 곳코와 함께하고 싶다. 하지만 벌어진 입에서
말은 나오지 않았다.

'그런데 엄마와 그 남자 친구는 잘 되지 않았어.'

점점 눈 끝부분이 어두워졌다.

'솔직히 말하면 아이는 갖고 싶어.'

'그 사람이 다른 사람을 좋아하게 되었다고 하더라고.
그 사람도 어쩌지 못하는 감정이었겠지.'

'연인의 마음이 자기에게서 멀어지는 것을 느낀 엄마
는 너무 괴로워 애를 태우다가.'

시야에 하얀 실이 번지면서 쭉 늘어났다. 어느새 눈앞
의 간호사는 균사 덩어리가 되어 있었다.

균사에 뒤덮인 얼굴로, 균사에 가득 찬 안와로 나를 바
라보고 있었다. 입을 벌리자, 연기처럼 포자가 튀어나왔
다. 사방으로 흩어지는 포자가 가운, 책상, 파일에 떨어
졌다. 하얀 미립자가 표면을 덮자 물건의 윤곽이 두드러
졌다. 그 이외에는 아무것도 없었다. 포자를 부착할 수
있는 표면과 균사로 무성한 내부 말고는. 시선을 돌리자,
벽에 붙은 포자를 통해 사람의 형태를 띤 균사체와 포자
로 뒤덮인 사람의 윤곽이 보였다. 끝도 없이 보였다. 발

아래로 시선을 옮기자 나는 공중에 떠 있었다. 빌딩의 구조 저편으로 보이는 땅은 균사로 완전히 뒤덮여 있었다. 식생의 밀도가 보였다. 바람의 움직임이 보였다. 공기의 온도가 보였다.

내 눈앞을 날아다니는 포자가 번쩍 빛났다. 그 옆에서도, 또 그 옆에서도. 조금 떨어진 곳에서도. 번쩍번쩍 빛이 전파되었다. 순식간에 눈앞이 발광하는 수없이 많은 포자로 넘쳐났다. 빛의 농담이 보였다. 농담은 리듬이 되고, 패턴이 되고, 호흡이 되고, 대화가 되었다. 떠들썩한 포자가 압도적인 농도와 밀도로 서서히 다가왔다. 그 모든 빛은 이어짐의 기쁨을, 충만해지는 행복을 노래하고 있었다.

그렇지만 나는 그곳에 없었다. 나를 뒤덮은 포자는 바람의 흐름으로 떨어져 나가 사라졌다. 내 안에 균사는 없었다. 나는 흑점이었다. 균사와 포자로 가득 채워진 네트워크에 생긴 구멍이었다. 기쁨 안에 내가 있을 곳은 없었다. 주변을 빙 둘러보니 조금 떨어진 곳에서 검은 구멍이 된 곳코가 보였다.

포자가 반짝이면서 흘러갔다. 공허한 나와는 비교도

안 될 만큼 눈앞에 있는 사람의 형태를 한 군사가 가득 흘러넘쳤다. 나도 곧 있으면 이어진다. 곳코와 포자를 나누고 언어를 뛰어넘어 "사랑해."라고 전할 수 있다.

곳코를 사랑한다.

'그렇지만 엄마와 그 남자 친구는.'

곳코를 평생 사랑하겠지.

'솔직히 말하면.'

그렇지만 곳코는? 곳코의 마음이 변하면?

'자기에게서 멀어지는 것을.'

포자로 이어져 지금보다 훨씬 더 서로를 잘 이해하고, 깊은 속까지 다 보이면, 그러면, 그러면……

"고노 씨?"

딸깍, 하고 시야가 달라졌다.

"어떻게 할래요? 안 바꿔도 돼요?"

약속한 버섯은 유리나팔버섯이다. 마치 우리의 치마 속처럼 숨겨진 유리의 색.

대기실에서 멍하니 손바닥을 바라보고 있었다. 방심하면 목덜미의 움푹 파인 곳에 붙인 작은 밴드에 손을 댈 듯했다. 그래서 대신 쇠골에 찍힌 식균 표식을 쓰다듬었다. 축축한 피부와 매끈한 뼈, 살로 채워진 몸. 균사도 포자도 이제 보이지 않는다.

"네오!"

8번 방에서 나온 곳코가 나를 발견하자마자 얼굴이 환해졌다.

그 쇠골을 뚫어지게 보았다.

그리고 내 쇠골에서 손을 떼었다. 활짝 함박웃음을 지었다. 곳코에게도 잘 보이도록.

조모의

요람

이 문서를 "나는 조모(祖母)다. 이름은 아직 없다." 같은 문장으로 시작하려고 했지만, 이는 정확하지 않다.

이름은 옛날에 있었지만, 이제는 없다. 앞으로도 이름을 갖게 될 일은 없을 것이다.

그러니 이렇게 하자. 나는 이름 없는 조모다.

나는 태평양에 떠 있다. 이곳은 온난해 지내기 좋다.

나는 거꾸로 뒤집힌 해파리와 닮았다. 바다에 가라앉은 지름 50미터 정도의 반구, 바닷물에 닿는 부분도 빈틈없이 얇은 막으로 뒤덮여 있다. 촉수는 모두 안쪽에 있다. 바깥쪽에는 작업용 구완(口腕)과 이동할 때 쓰는 섬모가 자리한다. 반구 안은 육방(育房)이다. 그 안에서 30만 명의 아이들이 지낸다. 제3세대 미요라고 이름 붙여진 아이들은 곧 나에게서 독립해 바닷속으로 향할 것이다.

지금 아이들은 안과 밖을 경계 짓는 침투막 부근에 모여 서로 엎치락덮치락 하면서 바닷속을 바라보고 있다. 민머리끼리 한데 모여 온몸을 감싸는 유사 지느러미의 홍색 소포(素胞)를 흥분으로 반짝이면서.

"왔다!"

미요들이 말했다. 아이들은 갈수록 서로를 밀치면서 아직 다 자라지 않은 커다란 눈으로 한곳을 뚫어지게 응시했다.

"보인다, 보여. 지금 번쩍했어."

"어디? 어?"

멀리에서 니키가 부르는 음파가 들려왔다.

"어이, 거기 있니?"

미요들은 서로 얼굴을 마주 보며 꺄아 하고 와자지껄 소란을 피우면서 몇 번이나 공중제비를 돌았다. 내 물음에 니키들이 불빛으로 답했다. 그것을 확인하고 나는 니키와 가까운 곳에 있는 괄약근 게이트를 열어 맞이했다.

제1세대 이치카와 제2세대 니키로 이루어진 100명이 좀 안 되는 작은 그룹이었다.

"어서 와, 니키, 이치카."

"저희 왔어요. 다들 잘 지냈어요?"

"니키, 그 사이 많이 컸구나! 이치카도, 그거 새로운 유사 지느러미야? 근사하네!"

16년 전에 독립한 이치카와 8년 전에 독립한 니키는 저마다 형태가 다르다. 세대별로 조금씩 개선되고 있다. 미요가 생긴 지 얼마 안 된 자신들의 부드러운 유사 지느러미와 이치카들의 딱딱해지고 상처가 있는 유사 지느러미를 흥미롭다는 듯이 바라보며 비교했다.

유사 지느러미는 바다의 아이들이 지니는 가장 큰 특징이다. 전신을 뒤덮는 얇은 생체막으로, 바닷물 속에서 산소만 채집해 혈액으로 흡수하고 추위나 수압으로부터 몸을 지킨다. 목소리로 대화하는 대신, 표면에 들어간 색소포와 황색 소포의 색을 변화시키고 빛을 반사하면서 소통한다.

유사 지느러미를 날개나 날개옷처럼 펼치고 이리저리 헤엄치는 모습은 참 우아하고 아름답다.

"어서들 오렴. 당분간 편히 쉬었다 가도 되지? 너희들이 보고 온 것들을 이 할머니에게도 들려주겠니?"

프로토콜에 맞추어 조모로서 아이들을 대한다. 조모어라고 해도 좋을 만큼 독특한 말투로 말하도록 정해져 있다.

"조사하다 들러서 맘 편하게 오래 못 있어요. 니키가 할머니가 꼭 보고 싶다기에 왔어요."

"아니, 그건 우연히 타고 싶었던 해류가 이 근처로 흘렀으니까 그런 거지!"

쑥스러워하며 당황하는 니키를 놀려주려던 그때였다.

"그 조사는 최근에…… 어이쿠, 호랑이도 제 말 하면 온다더니. 너희들, 조심하거라."

바다 저 아래에서 변화가 일었다. 커다랗고 거대한 음의 파도가 위쪽을 향해 올라왔다. 구완을 최대한 쭉 늘려 흔들림에 대비했다.

"꽉 잡거라."

평상시에는 영양 공급이나 휴식을 취하려고 자세를 잡을 때 사용하는 촉수를 미요들 쪽으로 늘렸다. 혹시 몰라 침투막도 딱딱하게 만들었다. 거기에 음의 파도가 부딪쳐 크게 천천히 우리를 흔든 다음, 해수면에 닿아 흩어져 사라졌다.

흔들림이 잦아들자, 미요들은 촉수를 떼어냈다. 그래도 아직 불안한지 유사 지느러미끼리 서로 엉켜서 자그마하게 뭉쳐 있었다.

이치카들은 역시 차분했다.

"이 화산 활동이 얼마나 거대한지 또 언제까지 이어질지 조사해야겠네요. 만약 한동안 진정되지 않는다면 할머니도 이곳을 떠나야 할지 몰라요."

"잠깐만, 또 뭔가가 다가오는구나."

커다란 무언가가 바다 밑바닥에서 올라오는 것을 센서가 포착했다. 천천히 바닷물을 밀어 올리며 떠오르더니 나를 스치듯 지나면서 해수면으로 향했다. 지름 6미터 정도 되는 가늘고 긴 달걀 같은 실루엣이었다. 누가 보아도 인공물이었다.

"저건 뭐지?"

이치카도 니키도 혼비백산했다.

어찌나 깜짝 놀랐는지 순간적으로 둥글게 말았던 촉수를 일부러 쭉 늘렸다.

"어휴, 간 떨어질 뻔했네……. 어, 그러니까."

한동안 입을 다물고 할 말을 찾았다. 이걸 뭐라고 설명하면 좋을까? 이건 뭐로 보일까?

"이건 잠수정이구나."

"잠수정요? 안에 누가 타고 있었어요?"

"아니, 아주 낡은 잠수정이라 아무도 없을 듯한데. 망가져서 폐기되었거나 사고로 뜨지 못하게 된 잠수정이겠지…… 이치카, 니키, 더 가까이 가져다주겠니. 조사해보자꾸나."

내 지시를 받은 이치카들이 잠수정을 둘러싸더니 가져왔다. 근처까지 왔을 때 구완으로 잡아 괄약근 문을 열어 안으로 집어넣었다.

가까이에서 보니 그것은 나이 든 고래처럼 만신창이었다. 상처도 나 있고 따개비로 뒤덮여 있었으며 둥근 선체 일부가 크게 뒤틀려 있었다. 안이 어떻게 되어 있는지는 나로서도 알 수 없었다. 자세히 조사하려면 이곳이 아니라 해저에 있는 연구실에 보내야 할 것이다.

"상당히 옛날에 만들어졌구나. 식별번호가…… 너무 닳아서 읽을 수가 없네. 그렇지만 여기를 한번 보렴. 이 표시는 벚꽃처럼 보이는구나."

"그럼 일본 잠수정일까요?"

"어떡하지. 중요한 건가?"

이치카와 니키는 해저 화산 탐사를 중단하고 이 잠수정을 해저로 가져가야 할지 의논하고 있었다. 지상의 물건은 되도록 해저 도서관에 보관하는 게 원칙이다. 그렇지만 그 대부분은 데이터다. 더 이상 사용하지 않게 된 잠수정도 보관 대상일까, 아닐까?

"일단 오늘은 여기에서 쉬도록 하렴. 온 지 얼마 안 됐는데 그렇게 빨리 돌아가면 힘들지 않겠니? 해저에는 이 할머니가 연락해둘 테니."

어두운색으로 물든 이치카들의 색소포가 내 말을 듣고 긴장을 풀었다. 미요들도 와, 하면서 이치카들을 둘러싸고 소란을 피웠다.

조금 전에 있었던 해저 지진 탓인지, 바닷속에서 무수히 많은 생물이 움직였다. 침투막 주변어 바다의 작은 생물이 모여 있었다. 생김새는 갯민숭달팽이였지만, 빨간 지느러미를 지닌 작은 물고기들이다. 그 주변에 해파리가 둥둥 떠 있어 마치 잠수정을 보러 찾아온 듯한 기분이 들었다. 나는 그것을 촉수로 살짝 쓰다듬었다.

나는 거짓말을 했다. 그건 잠수정이 아니었다. 초기 조모였다. 서리브럴이라고 하는 커다란 컨트롤러와 같은 것이다. 지금의 나보다는 아주 투박하게 생겼으니, 당연히 아이들은 한 치의 의심도 없이 잠수정이라고 믿었다. 안에는 분명 아직 사람이 있다. 물론 살아 있지는 않을 것이다. 아이들이 그걸 알게 하고 싶지 않았다. 아이들은 아직 죽음을 모른다. 제1세대도 제2세대도 아직 젊다. 가끔 사고로 잃는 아이가 있지만, 모두 똑같은 이름으로 불리는 아이들은 하나와 다수를 구별하지 못한다. 사라진 아이는 빠진 머리카락이나 치아와 같을지 모른다. 죽음을 알지 못하고 자신을 알지 못하는 천진난만함은 아이들을 지키는 또 하나의 유사 지느러미라는 생각도 든다. 그것을 해치고 싶지 않았다.

나도 이와 비슷한, 그렇지만 상당히 세련된 서리브럴 안에 있다. 방추형 달걀이 해파리의 위강에 해당하는 부분에 있는데 그 안에 내가 있다.

오랜만에 내 몸을 떠올렸다. 구완이 아닌 두 개의 팔. 섬모가 아닌 두 개의 다리. 센서가 아닌 눈과 귀. 서리브럴 안에는 아주 평범한 사람의 육체가 들어 있다. 그러고 보니 사람으로서 지상을 거닐던 시간과 바닷속에서 지낸 시간이 거의 비슷해져 있었다. 24년이라는 시간에 투영해보는 지상에서의 생활은 새벽녘에 꾼 꿈처럼 어렴풋하고 아득했다.

과거에는 나도 지상에서 사는 인간이었다.

결국 조모 적성 검사를 받고 말았다.

생각지도 못한 결과가 나와 어안이 벙벙한 채 스마트폰 화면을 보는데 갑자기 알람이 울려 하마터면 떨어뜨릴 뻔했다.

아, 오늘 배급날이었지. 순간적으로 가지 말까?, 하고 망설였지만, 비누가 다 떨어진 상태였다. 축전지도 얼마 전에 있었던 정전으로 줄어들었을 테니 충전이 필요했다. 내키지 않았지만, 밖으로 나가기로 했다.

문을 열자 열기가 훅 불어왔다. 내가 지금 있는 곳은 도쿄의 서쪽, 산과 가까운 마을이다. 도쿄에서 도망쳐 조금이라도 높은 곳, 시원한 곳을 찾다가 이곳에 정착했다.

멋대로 거처로 삼고 있는 빈집은 원래 가족용으로 지어진 듯, 방 네 개에 거실과 다이닝룸, 즈방이 있었다. 수십 년은 방치되었던지 여기저기 낡았지만, 지하실이 있어 고마웠다. 세 평 정도 되는 창고인데 단열이 잘 되어 있어 1년 내내 실온이 일정하게 유지된다. 낮에는 지하실에서 잠을 자며 지내고, 시원해지면 꼼지락꼼지락 기어 나온다. 벌레나 좀비 같다.

지금은 혼자서 독차지하고 있지만, 만약 이주자가 늘어나면 이 집도 누군가와 공유하며 살게 될 것이다.

도쿄도, 오사카도, 나고야도 다 사라졌다. 바다가 이 나라를 집어삼켰기 때문에 인간이 살 수 있는 곳이 아주 많이 줄었다. 교통망도 전부 끊겨 우리는 남은 땅에 들러붙어 있는 것처럼 살아간다. 이 마을은 아직 치안이 괜찮아 독자적인 자치 시스템을 확립해 꾸려나가고 있었다.

배급은 조금이라도 시원한 이른 아침 혹은 저녁에 이루어졌다. 밤에는 그나마 지내기에 괜찮다. 하지만 등에 사용하는 연료를 절약하려고 늘 해 뜰 무렵이나 저녁 무렵에 배급이 이루어졌다. 오늘은 오후 4시부터였다.

아직 더웠다. 해가 질 무렵이라지만, 공기가 눅눅하고 무거웠다. 하지만 어제까지와는 무언가 달랐다. 아주 약간 적개심이 수그러든 듯한 느낌이 들었다. 그렇구나, 드디어 여름이 끝나는구나. 이번 여름은 40도가 넘는 날과

비가 거세게 쏟아지는 날이 이어져 숨만 쉬어도 기진맥
진할 만큼 힘들었다. 매년 여름 누군가가 열사병으로 죽
었다. 낮에는 집안에서 숨죽이고 견디다가 밤이 되면 슬
금슬금 사람들이 기어 나왔다. 그런데도 열기에 달구어
진 바깥 공기는 좀처럼 식지 않아 그 어디로도 도망칠 곳
이 없었다.

무거운 축전지를 끌어안고 걸으니 역시 땀이 쏟아졌
다. 그렇지만 내일은 오늘보다 조금 더 시원해질 거라고
생각하니 그나마 기분이 좀 나아졌다. 그러다 바로 조모
검사를 떠올리고 그대로 우두커니 설 뻔했다.

마을회관이었던 건물에 마련된 배급소에는 스무 명
정도가 줄을 서 있었다. 오늘은 일용품 배급날이라 다들
여유로워보였다. 가끔 신선식품 배급날이라도 되면 조
금이라도 신선하고 맛있는 음식을 손에 넣으려고 너 나
할 것 없이 살기로 번뜩였다. 하지만 이제 그런 배급도
점점 줄어들고 있었다.

축전지를 배급소의 커다란 발전기에 연결한 뒤 충전
이 다 되기를 기다리는 동안 비누를 받으려고 주변을 둘
러보았다. 모인 사람들 사이에 그 사람이 있었다. 종종

만나는, 약간 관심이 가는 사람이다. 각진 턱선이 아름다워 마음에 들었다.

그 사람과는 이주 후에 있었던 설명회에서 처음 만났다. 나보다 조금 먼저 이 마을에 온 듯, 어쩌다 보니 이곳의 규칙이나 모르는 장소를 알려주면서 이야기를 나누게 되었다.

"속 편한 소리처럼 들리겠지만, 여기 있으면 계속 여름방학 같다니까."

"그치. 학교 수련회에 있는 것 같아. 숙제도 없고, 어떻게 보면 살기 편한 생활일지도 모르지. 너무 더운 건 힘들어도."

물탱크의 구멍을 막으면서 함께 웃었다.

전에는 지바에서 지냈는데 바다에 거의 잠겨 서쪽으로 도망쳐왔다고 했다. 너는 뭘 하고 있었어? 이렇게 물어볼 줄 알고 기다렸는데 화제는 산에서 자라는 이끼 같기도 하고 버섯 같기도 한 것을 먹어도 될지 모르겠다는 대수롭지 않은 이야기로 금세 옮겨 갔다.

늘 우연히 만나 잠깐 이야기를 나누고 잘 가라고 인사한 뒤 각자의 집으로 돌아갔다. 아무 말 없이 멍하니 있을 때도 있었다.

그날도 배급소에서 돌아가는 길에 각자 고른 벚꽃향과 장미향 비누를 서로 보여주면서 시답잖은 이야기를 주고받았다.

"벚꽃향은 어떻게 보면 벚꽃떡이랑 벚꽃차 같은 냄새이지 않을까?"

"잎의 냄새지. 벚꽃에 향기가 있었던가?"

"없었던 거 같은데. 뭐, 이제는 확인하고 싶어도 할 수 없지만."

2040년 무렵부터 곳곳에 심긴 왕벚나무가 봄이 되어도 꽃을 피우지 않게 되었다. 꽃이 피는 계절이 되어 꽃망울이 맺혀도 활짝 피지 못하고 그대로 졌다. 모든 나무가 인위적으로 만들어진 똑같은 클론 왕벚나무였기 때문에 환경의 변화에 약하고 수명도 짧았다. 그러다 새로운 질병이 등장하자 순식간에 퍼져서 손쓸 새가 없었다.

"근데 어쩌면 어딘가에 남아 있을 수도 있어. 기아나 고지대나 갈라파고스 같은 곳에."

"그럼 정말 좋겠다. 거긴 벚나무의 무릉도원이겠지."

검사 결과를 왜 이 사람에게 전할 마음이 들었는지는

나조차도 알 수 없었다. 고지대나 구멍 안이든 어딘가 사람이 모르는 장소에서 매년 벚꽃이 핀다. 그곳은 희미하고 옅은 붉은 색의 꽃으로 꽉 차 있다. 그런 광경이 문득 눈앞에 펼쳐지다가 정신을 차려 보니 이야기를 꺼내고 있었다.

"그건 그렇고 나, 조모 검사 붙었어."

실은 검사 따위 받을 생각이 없었다. 적합률이 소수점 이하라고 했고, 바닷속에서 남은 인생을 보내는 일은 상상조차 할 수 없었다. 하지만 이런 생활이 언제까지 이어질지도 알 수 없었다. 점점 더 악화되기만 하는 지상의 상황이 불안해 어차피 안 될 텐데 뭐, 하고 변명하듯이 시험 삼아 검사를 받았다. 그런데 붙었다. 소수점 이하를 파고들고 말았다. 조모가 될 수 있다는 사실을 안 순간, 삶에 대한 집착이 비열하고 주접스럽게 스멀스멀 올라와 소스라치게 놀랐다. 그런 자신이 당황스러워 이 결과를 어떻게 받아들여야 할지 가늠할 수 없었다.

그래서 잡담하듯이 편하게 마치 농담처럼 내 일이지만 진지하게 받아들이지 않는다는 얼굴로 말했다.

"그렇구나, 바다로 가버리는구나."

다른 사람의 말이나 표정을 읽어내는 일이 서툴러서 그 '가버린다'는 말투에 숨겨진 감정이 아쉬움인지 비웃음인지 알 수 없었다. 어정쩡하게 웃으며 아직 정하지 않았다는 말을 웅얼웅얼 내뱉었다.

"언제야?"

"아직 몰라. 조금 전에 안내가 온 걸 본 참이라 아직 답장도 하지 않았어."

어떻게 하는 게 좋을까? 가야 할까, 아니면. 아니면. 입안에 내뱉지도, 삼키지도 못하는 말이 끈적끈적 들러붙었다.

"그렇군. 자, 그럼 바다를 잘 부탁해. 육지는 내가 맡을 테니."

그 사람이 아무렇지 않은 듯 툭 말해 깜짝 놀랐다. 내가 좋아하는 아름다운 턱선에 저녁노을의 마지막 빛이 걸렸다.

이 빛에, 미소에 미련이 철철 넘치는 말과 마음이 녹아내렸다. 그제야 바다에 갈 수도 있겠다는 생각이 들었다.

"응, 바다는 나에게 맡겨. 그럼 육지를 잘 부탁해."

주저 없이 말한 나 자신이 대견했다.

잘 가라면서 헤어졌다. 분명 이번이 마지막이다.

내가 바다에 가도 이 사람은 날 기억하겠지. 겨우 몇 번 이야기를 나눈 사이밖에 안 되니 분명 나에 대한 기억은 저 아래로 가라앉을 것이다. 그렇지만 어쩌다 바다 이야기를 들으면 나를 떠올려줄지 모른다.

육지에 나를 기억하는 사람이 있다.

그랬으면 좋겠다고 생각했다.

집에 돌아가서 답장을 써야지.

조모가 되겠다고.

내가 태어났을 무렵에는 북극해의 얼음은 더 이상 남아 있지 않았고, 호랑이도 멸종되어 있었다.

화력발전소가 가동을 멈추었고, 원자력발전소는 반대 여론 때문에 생각만큼 진전되지 않아 전력이 늘 부족했다. 엎친 데 덮친 격으로 대형 태풍이 끊임없이 불어와 자주 전선을 끊고 산사태를 일으켜 정전이 일상이 되었다.

여름에 정전되면 가족 모두 마을회관으로 갔다. 그곳에만 예비 전력이 있어 미지근하기는 해도 선풍기 바람을 쐴 수 있었다. 친구와 장난치면서 간이침대에서 자는 일도 즐거웠다.

아빠와 엄마가 심각한 표정으로 기후 변화나 난민, 식량난 이야기를 하던 걸 자주 들었다. 먹거리가 갈수록 맛이 없어졌고, 간식이나 만화 같은 즐길 거리도 줄어 일상생활이 서서히 지루해지고 있다고 눈치채고 있었다. 그렇지만 마음 한 구석에서는 어떻게든 되겠지 싶었다. 어른들에게 분명 무슨 생각이 있을 거라고 믿었으니까.

어떻게도 되지 않았다. 질질 끌기만 하고 결정하지 못한 채 시간만 흘려보내다가 어느새 인간은 마지막 선을 넘고 말았다. 이대로 가면 분명 인류는 멸망한다.

내가 초등학생이었을 때 바다의 아이들 계획이 시작되었다.

학교 선생님은 바닷속에 도서관을 만들 거라고 설명했다. 그 도서관에 지금 존재하는 모든 생물체의 정보나 인간이 만든 문화와 기술과 같은 중요한 것을 전부 보관할 예정이었다. 해저의 환경은 육지에 비해 안정되어 있고 지열이나 해류로 에너지도 만들 수 있다고 했다.

"하지만 도서관에는 그곳을 관리할 사람이 필요해요. 그래서 바닷속에서도 살 수 있는 특별한 사람을 만든다고 해요."

반 친구들이 "그거 물고기 인간 아니야?" 하면서 웅성
거렸다. 온몸이 비늘로 뒤덮여 있고, 땡그란 눈을 가진
물고기 인간이 떠올라 소름이 끼쳤다.

호기심이 생긴 학생들이 쉴 새 없이 질문했다. 선생님
은 곤란하다는 표정을 지었다. 정작 자신도 잘 몰랐을 것
이다.

"선생님, 물고기 인간은 뭘 먹어요?"

"플랑크톤이나 작은 생물을 먹고 살지요. 그렇지만 바
다 자체에서도 에너지를 얻을 수 있다고 해요."

"어떻게 바닷속에서 살 수 있어요?"

"유사 지느러미라고 불리는 특별한 막을 가지고 있으
니까요."

선생님은 양팔로 대충 전신을 쓰다듬는 행동을 했다.

"얇고 얇은 막이에요. 특별한 필름이나 고무 같은 거
죠. 그게 전신을 뒤덮고 있으니까 바다 안에서도 호흡할
수 있고 추위나 수압으로부터 몸을 지킬 수 있어요. 유사
지느러미를 펼쳐서 헤엄도 칠 수 있고요. 베타 물고기나
금붕어의 멋진 꼬리 다 알죠? 그렇게 생겼어요."

"그거 엄청 멋있는데요? 저도 갖고 싶어요. 그게 있으면 어디든 갈 수 있잖아요."

"유사 지느러미는 지금 있는 모든 사람에게는 적합…… 아니, 잘 맞지 않아요. 바다의 아이들은 날 때부터 유사 지느러미를 사용할 수 있도록 특별한 몸을 가지고 태어나요."

"말은 할 수 있어요?"

"언어는 사용하지 않아요. 대신에 유사 지느러미에 색이 변하는 조직인 색소포가 있어요. 그걸 변하게 하면서 말해요. 그리고 멀리에 있는 친구에게는 음파로 이야기해요."

"음파요?"

"초음파를 말해요. 바닷속에서는 공기 중에서보다 훨씬 빨리, 멀리까지 전달돼요."

"물고기는 알을 낳잖아요. 물고기 인간도 알을 낳아요?"

선생님이 망설였다. 그리고 할 말을 신중하게 고르면서 이야기했다.

"여러분, 여자아이의 몸에는 많은 알이 있어요. 그래

요, 알이에요. 새나 물고기의 알과는 좀 다르지만, 여러분도 알에서 태어났어요. 어쨌든 여자아이의 몸에는 태어났을 때부터 알의 근본이 되는 게 많이 들어 있죠. 몇 개 있는지 아는 사람?"

"100개요!"

"훨씬 더 많아요."

"1만 개요."

"정말 많이 이야기했지만, 정답은 200만 개예요."

학생들은 깜짝 놀라 말을 잇지 못했다. 여자아이들은 200만 개나 알이 들어 있다는 자신의 배를 믿을 수 없다는 눈으로 바라보았다.

"태어났을 때는 200만 개. 그때부터 조금씩 줄어들어서 없어지거나 남은 알의 상태가 나빠지면 더 이상 아이를 낳을 수 없게 되어요. 매번 한 개만 사용할 수 있죠. 종종 한 개의 알에서 두 사람이 태어나거나 알을 여러 개 함께 사용할 때도 있어요."

이 알의 수가 줄어들지 않는 동안 한 번에 꺼내서 한 번에…… 부화시킨다. 좋은 알을 골라서 인공 보육기로 키운다. 그러니 한 번에 30만 명의 아이들이 태어날 수 있다.

"선생님, 알을 전부 빼앗기면…… 죽나요?"

"아니요, 죽지 않아요. 여러분의 할머니도 이제 알은 없지만 건강하잖아요."

"우리 할머니 엄청 건강해요. 기온이 100도까지 올라가도 보란 듯이 살아남을 거래요."

"자, 그럼 알이 다 없어지면 할머니가 되나요?"

"맞아요. 그리고 아이들을 바닷속에서 키워요."

"30만 명 다요?"

"맞아요. 전부 다요. 거대한 유치원 같은 곳을 만들어서 그 안에서 아이들이 위험해지지 않도록 지킨답니다."

"그 아이들의 이름을 다 외울 수 있어요?"

"바다의 아이들에게 이름은 없어요. 세대의 이름은 있지만, 한 명 한 명에게 이름은 지어줄 수 없어요."

"아무리 그래도 30만 명이나 있는 유치원은 힘들지 않을까요? 우리 집도 엄마가 동생 하나만으로도 힘들다고 그랬어요."

"그래서 밖에서 나쁜 것들이 들어오지 못하고, 안에서 아이들이 나갈 수 없도록 유치원을 막 같은 것으로 감싸요. 할머니가 기계 안에 들어가 거기에서 아이들에게 밥을 주고 아프지 않도록 보호하죠."

"기계요? 로봇이 되는 거예요?"

"로봇이라기보다는 뭐랄까, 보관함이라고 할까. 커다란 알 같이 생긴 보관함 안에 들어가요. 그 안에서 이것저것 조종하니까 콕 비트나 조종석이라고 해야 이해가 더 쉬울 수도 있겠네요. 서리브럴이라는 이름을 가지고 있어요. 뇌라는 뜻이에요."

"뇌가 되는 거예요? 으, 징그러워! 그렇게 되면 물고기 인간도, 뇌 인간도 더 이상 인간이 아니잖아요."

나중에 선생님은 아이들에게 너무 많이 알려주었다고 엄청나게 혼이 났다고 했다.

어른들은 정말로 그런 인간을 태어나게 해도 될지 인권이나 존엄, 생명의 윤리 같은 문제로 끊임없이 옥신각신했다. 그렇지만 그런 목소리도 날이 갈수록 악화되는 환경을 보면서 역시 이 방법밖에 없겠다는 체념 비슷한 마음에 언젠가부터 휩쓸렸다.

전 세계의 모든 과학자가 지혜를 모으고 기술을 한 데 끌어모아 필사적으로 계획을 진행했다. 반대하는 사람들의 방해나 사이가 안 좋은 나라끼리의 다툼 때문에 생각만큼 잘 진척되지 않았고, 그러는 와중에도 우리의 생활은 끊임없이 나빠지기만 했다. 그리고 드디어 그로부터 15년 후인 2084년, 실행에 옮길 수 있게 되었다.

그 세월이 흐르는 사이 나는 혼자가 되었다. 고등학생 때 부모님이 함께 돌아가셨다. 그해에는 초대형 태풍이 벌써 여러 번이나 불어와서 집에서 대피 시설로 가려던 참이었다. 그때 갑자기 집 지붕이 붕괴되었다. 계속해서 찾아오는 태풍에 집 지붕이 상당히 손상되었다고는 알았지만, 고칠 여유도 돈도 없었다. 나는 먼저 현관에서 밖으로 나와 있었는데 뒤를 돌아본 바로 그 순간 눈앞에서 집이 폭삭 주저앉았다. 강풍으로 뒤틀린 기초와 누수로 썩은 보가 한꺼번에 무너져 내렸다. 태풍 때문에 소방차도 구급차도 바로 오지 못해 어렵게 부모님을 구조했을 때는 이미 숨이 멎은 상태였다.

태어났을 때가 가장 좋았고, 이후부터는 줄곧 내리막길이었다. 종말을 향해 가는 세상에 아이를 낳는 사람도 거의 없었다. 그러니 나도 이대로 그 누구와 인연을 맺지 않고 아이를 갖는 일도 없이 언젠가 홀로 죽을 거라고 생각했다. 그런데 30만 명이나 되는 손주를 품게 되었다.

파도가 나를 씻는다. 거꾸로 뒤집힌 해파리처럼 생겨 육지에서 살던 나와는 조금도 닮지 않았다.

내가 바다에 들어온 뒤, 미요들이 3세대째다. 그때부터 20년 이상이 지났다. 육지는 지금 어떻게 되었을까? 가끔 들려오는 지상의 소식은 참혹했다. 50도는 될 거라는 혹독한 더위 속에서 태풍과 폭우에 시달려 확실히 인간의 수는 줄고 있었다. 그 사람은 아직 살아 있을까?

옛날 일을 멍하니 떠올리는데 센서에 무언가가 반응했다. 작은 그림자가 스르륵 척수 포트를 떠났다. 미요다. 주춤주춤 느리게 헤엄쳐 오래된 서리브럴에 가까이 다가갔다. 뭘 하는 거지?

미요는 천천히 한 바퀴 빙 돌아본 다음, 마치 곁에 있으려는 듯이 가까이 다가가 유사 지느러미로 가만히 쓰다듬듯이 만졌다.

"미요, 무슨 일이니?"

말을 걸자, 미요가 휙 돌아보았다.

"왜 안 자고 나와 있니?"

당황한 미요가 유사 지느러미를 말거나 펼치면서 안절부절못했다.

"저기, 이거 보고 싶어서요."

"꼭 지금 보지 않아도 되잖니? 자, 돌아가서 다른 아이들과 함께 자려무나."

"네……."

대답은 했어도 뭔가 다른 이유가 있는 듯 그 자리에서 꿈쩍도 하지 않았다.

"저기, 할머니."

미요의 유사 지느러미에서 작은 음표가 나와 서리브럴의 둥근 배를 가만히 어루만졌다.

"이거, 엄마 같은 건가요?"

"엄마?"

생각지도 못한 말에 당황했다.

"엄마도 분명 미요나 할머니처럼 둥글 거잖아요. 미요보다 크고 할머니보다 작아서 혹시 엄마가 이렇게 생겼을까 싶었어요."

"아…… 그랬구나."

미요는 이 침투막 전체가 나라고 알고 있다. 침투막의

자궁 안에서 다 자랄 때까지 나올 일은 없다. 오래된 서리브럴은 이 아이가 물고기나 바다 생물 말고 처음 본 바깥 세계의 존재다.

본 적도 만져 본 적도 없는 존재여도, 그래도 엄마는 궁금할까?

미요의 엄마는 한 세대 전에 태어난 니키 중 하나다. 세대마다 30만 명 가운데 한 사람을 선택해 몸 안에 있는 모든 난자를 꺼낸다. 난자는 자가 수정, 2배체 단성생식을 거쳐 다음 세대의 아이들이 된다. 그러니 아이들에게 생물학적 '엄마'는 있지만, 말 그대로의 '엄마'는 아니다.

내가 조모이자 조모가 아닌 것처럼.

"엄마는 이보다 좀 더 부드럽지 않을까? 이렇게 딱딱하고 울퉁불퉁하고 까슬까슬한 게 엄마라면 싫지 않겠니?"

미요의 홍색 소포가 반짝이며 웃었다.

"자, 이제 가서 자렴. 내일 모두와 어떻게 할지 다시 이야기하자꾸나."

"네, 안녕히 주무세요. 할머니."

미요는 아쉬운 듯 서리브럴을 음파로 쓰다듬었다. 둥

근 서리브럴을 음의 파도와 물의 파도가 감쌌다가 사라졌다. 비늘 같은 퇴적물로 뒤덮인 표면에서 벚꽃 문양이 슬쩍 보였다.

이 아이들에게는 벚꽃도 엄마도 본 적 없는, 그저 단어뿐인 것이 되었다. 그런데도 아이들은 기억한다.

우리가 남긴 것은 유전자 정보를 담은 해저 도서관만이 아닐지 모른다. 언젠가 벚꽃을 볼 수 있을지도 몰라, 언젠가 엄마와 만날 수 있을 거야. 이렇게 생각하는 이 아이들의 눈빛 저 너머에야말로 진정한 미래가 있지 않을까?

내가 나를 기억하는 그 사람의 존재 덕분에 내 삶을 이어갈 수 있듯이.

서리브럴은 아주 우수하니까 분명 나는 앞으로 70년, 120살 정도까지는 살 수 있을 것이다. 오로지 이 용기 안에서 100년 남짓 살다가 나중에 과연 지상에 돌아갈 수 있을까?

그렇게 따지면, 사실 미요들은 어렵다. 민머리, 큰 눈, 뇌수와 연결된 유사 지느러미를 지니고 있고 게다가 여덟 살에 성인이 된다. 인간과 너무 동떨어진 모습을 하고 있다. 그렇기 때문에 인간은 미요들에게 각각의 이름을 붙이지 않았다. 인간을 이렇게까지 전혀 다른 모습으로 만든 죄책감 때문인지 다음 세대로 잇는 바통으로 처리하려고 했다.

그렇다 해도.

그렇다 해도 나는 보고 싶다.

이 아이들이 땅 위를 걷는 모습을. 이치카도, 니키도, 미요도, 이다음 태어날 무수히 많은 바다의 아이들이 모두 태양 아래에서 바람을 느끼고 풀을 밟는 모습을. 그렇게 어딘가에서 살아남은 벚나무를 발견해 연한 붉은 색의 꽃잎 아래에서 노는 모습을.

어느새 그 꿈속에는 나도 있다. 그리고 그 사람도. 이미 오래전 죽었을 그 사람도 내가 마지막에 본 그 저녁노을 속에서 웃으며 서 있다.

"역시 벚꽃에 냄새는 없네." 하고 마주 보고 웃으며 손을 잡는다. 상상에만 그쳤던 일을 하나도 남기지 않고 하고 싶다.

환상 속에서 웃는 우리 위로 벚꽃잎이 흩날린다. 아이들의 유사 지느러미가 날개옷처럼 나부낀다.

낡은 서리브럴 속에서 죽어간 과거의 조모, 그 조모의 조모, 끊임없이 이어지는 모든 아이와 조모가, 나와 그 사람이 벚나무 아래에서 웃는다.

이 아이들이 언젠가, 우리가 언젠가 벚나무를 볼 수 있게 해달라고 소원을 빌었다.

어쩌면 지방으로
가득한 우주

"좀 살찐 거 같아."

이 말이 모든 일의 시작이었다.

한 달에 한 번 온라인으로 만나는 우리 넷은 대학교 동창으로, 오늘도 여느 때와 다름없이 다 같이 모였다. 요가 강사인 마유, 제조회사에서 근무하는 고토미, 주부이자 팔로워 수가 네 자리인 인스타그래머 에리린, 그리고 출판사에서 근무하는 나, 가미이데 모에.

에리린의 남편이 센다이로 회사 발령이 나 이사하면서 모임은 줄곧 온라인으로 해왔다. 솔직히 식당 정하고, 예약하고, 간단한 선물 준비하고, 정해진 장소에 가는 것보다는 훨씬 편하다. 가끔 실제로 얼굴을 보고 싶을 때도 있지만.

"살이 찐 것도 찐 건데 빠지지를 않아. 재택근무하다

보니 나태해졌다고 할까."

"굳이 회사에 안 가도 일이 잘 돌아간다는 사실을 알아버렸지, 뭐."

"맞아, 솔직히 되도록 가기 싫지. 그래서 여차하면 그냥 화상 회의로 해."

이렇게 말하며 고토미가 도리토스를 젓가락으로 집어 먹었다. 저러니 살찌지. 나도 지금 인터넷으로 주문한 스콘을 먹고 있다. 벌써 세 개째다. 반절로 쪼갠 따뜻한 단면에 크림치즈와 팥소를 두툼하게 바르고 있다. 아, 진짜 맛있겠다.

마유에게 온라인 요가 수업을 해달라고 누구 한 사람 말을 꺼내지 않는 데는 요가로는 살이 빠지지 않는다는 사실을 잘 알아서다. 의식하고 신경 쓰면서 건강한 생활을 보내기에는 각자 자기자신을 너무 잘 안다.

"화장품 안 산 지 반년이나 됐어. 가격이 싸도 뭔가 성가시더라고."

"어차피 온라인으로는 잘 보이지도 않는데 뭐. 필터 쓰면 돼."

"나는 오히려 화장이 진해졌어. 하이라이트나 셰이딩

을 엄청 넣어서 아마 실제로 만나면 킴 카다시안처럼 보일 걸."

"눈 화장은 아무리 진하게 해도 화면으로는 잘 안 보이긴 하지."

"그래? 그럼 말이야."

고토미가 싱긋 웃었다. 그러고 보니 콧대가 엄청 높아 보였다. 중국식 메이크업 동영상이라도 보면서 코 셰이딩이라도 연구해볼까? 이런 생각을 하다가 정작 운명을 바꿀 중요한 한마디를 놓치고 말았다.

"그거 좋네. 오랜만에 얼굴 보자. 잔뜩 꾸미고 말이야!"

"어?"

"아, 맞다. 마침 애프터눈 티로 괜찮은 곳 알아 놓았어. 단것도 짭짤한 것도 다 있어서 끝도 없이 먹을 수 있는 곳이야."

"어? 어?"

"자, 그럼 3개월 후, 첫째 일요일 어때?"

"어? 어? 뭐라고?" 무슨 이야기를 하는지 전혀 파악하지 못한 사이에 진짜 얼굴 보고 만나는 모임이 정해졌다.

큰일 났다.

어떻게 하지, 어쩌면 좋지, 어떻게 하냐고.

정말 안 되는데, 진짜 안 되는데, 망했다, 다이어트의 신 어디 없나!?

솔직히 조금이 아니라 엄청 살이 쪘다.

"그럼 3개월 후를 목표로 다이어트해야겠네. 좋은 구실이 생겼다(자기가 자기 발등에 불을 붙이지 않으면 절대로 안 한다는 걸 잘 아네)."

"에리린이 무슨 살이 쪘다고 그래(네네, 이 소리가 듣고 싶은 거구나?)."

"무슨, 전혀 안 그래. 완전 통실통실해(네네, 이 정도로 해주면 되지?)"

"그럼 나도 열심히 해야겠다. BMI 18을 목표로!(지금 28정도인데. 3개월 만에 18까지 만들려면 죽어나겠네)."

환청 오디오 코멘터리가 들려왔다.

원체 생활이 불규칙했고, 스트레스도 적잖이 받았으며, 사람 만나는 자리도 나름대로 자주 갖는 편이었다. 그런데도 서른 넘어서 어느 정도 체형을 유지할 수 있었던 데는 매일 출퇴근한 덕분이었다. 게다가 바쁠 때는 끼니를 잘 챙기지 못했다. 그랬는데 재택근무를 하면서 삼시세끼를 야무지게 챙겨 먹었다. 게다가 집에만 있으면 안 되겠다 싶어 근처 편의점까지 산책하러 가서는 그 김에 과자 판매대를 기웃거리다 결국 사와 입이 심심하다며 일하는 틈틈이 먹었다. 그랬더니 6킬로그램이 쪘다.

고등학생 때 인생 최고 몸무게를 찍었는데 그때를 훌쩍 뛰어넘었다. 아무래도 건전지가 다 닳은 체중계를 그대로 놔둔 게 화근이었다. 게다가 술에 취해 혼자 탱고를 추다가 전신거울을 깼는데 그것도 새로 사지 않았으니. 급하게 과자 양을 줄였지만, 이미 때는 늦었다. 집에서 체조를 해도 얼마 못 가 포기했고, 온갖 정성을 들여 건강한 메뉴로 음식을 만들어 먹기도 귀찮았다. 그래서 아주 순조롭게 현상 유지가 되고 있었다.

그런데 이제는 이렇게 넋 놓고 있을 때가 아니었다.

이들 앞에서는 파고다 슬리브나 시폰 소재로 몸을 가려도 소용없고, 손목을 보이거나 흔들리는 귀걸이로 시선을 분산시킬 수도 없다. 이 친구들은 몸에 살이 얼마나 붙었는지 보자마자 바로 아니까. 만나는 순간, 마치 상대방의 전투 능력을 즉각 분석하는 스카우터처럼 체지방률도, 골밀도도, 기초 대사량도 단번에 측정해버린다.

기를 쓰고 감량하는 수밖에 없었다. 서른두 살, 더 이상 물러설 곳 없는 여자의 굳은 결의가 어떤 것인지 제대로 보여줘야지.

예전에 6개월 동안 3킬로그램을 뺀 적도 있었는데 뭐. 3개월 만에 6킬로를 빼면 되니 그때의 네 배 정도 노력하면 되지 않을까? 그쯤이야 누워서 떡 먹기지.

괜찮아, 괜찮아.

옛날 솜씨 어디 가겠어? 땅 짚고 엎어지기지 뭐.

어떻게든 되겠지.

"진짜 뒤룩뒤룩 살찌라고 누가 저주하는 거 아니야……."

3주 후, 내 체중은 단 1그램도 줄어들지 않았다. 체지방률도 전혀 내려가지 않았다. 체중계가 고장 났나 싶어 가전 판매점까지 가서 최신식 체중계에 몰래 올라가 쟀는데 숫자는 냉정했다.

이상하다. 이론대로라면 반드시 살이 빠져야 맞는데.

처음 일주일은 정신을 바짝 차리고 철저하게 하루에 당분 20그램 이하로 제한했다. 고기와 글걀을 먹으면서 중간에 버터를 씹어 먹었다. 그랬더니 칼로리를 너무 많이 섭취하나 싶어 불안해 이번에는 휴대전화에 애플리케이션을 깔아 칼로리 계산도 같이 했다. 푸성귀만 먹으며 염소처럼 생활했다. 큰돈은 없어도 푼돈은 있다면서 전문 트레이너를 고용해 토할 때까지 근력 운동을 했다. 이것만으로도 부족하다 싶어 해외 배송으로 수상한 약도 주문했다.

그런데도 체중계의 숫자가 1도 달라지지 않았다.

도무지 이해할 수 없었다.

그렇다면 이 방법이다. 담당 작가가 엄청난 구설에 휘말려 그 뒤처리하느라 진짜 지옥을 맛보았고, 상사가 갑질로 목이 날아가 남은 업무를 처리하느라 토 나오는 줄 알았으며, 클라이언트끼리 문제가 생겨 활활 타오르는 불길 속으로 밤줍기를 하러 보호 장비도 없이 돌격했다. 이렇게나 산전수전 다 겪으면 보통 심신 피로로 살이 빠지지 않나?

근데 절대 빠지지도 않았고, 납득하지도 않았고, 빌지

도 않았고, 물러나지도 않았다(주로 지방이).

체중이 줄지 않으니 의욕이라도 높여야겠다 싶어 익명으로 시작한 SNS는 팔로워 수가 늘어났다.

"모에타마*다이어트츄♡ 오늘 점심은 양배추와 두부에 쿨리치도 하나 꿀꺽."

이런 귀여운 내용으로 시작했다가, "모에타마*뚱보·즉시·탈출 살을 도려내는 헤라 어디 없으려나. 이 창피한 몸에서 살을 모조리 베어내 가슴으로 옮겨놓고 싶다. 오늘도 개미 눈물만큼밖에 못 먹었네." 하면서 내용이 살벌해지자 팔로워가 급격하게 늘었다.

도무지 이해가 안 되었다.

이런 내 이야기를 재미있어하는 팔로워들이 끊임없이 다이어트 정보를 보내서 닥치는 대로 다 해보았는데 아무 소용이 없었다. 물 단식도 했는데 1그램도 줄지 않다니, 질량보존의 법칙이 너무 확대 적용된 것 아니야?

사실 살 빠지는 원리는 아주 단순하다. 섭취 칼로리보다 소비 칼로리가 크면 된다. '7,200킬로칼로리 소비하면 지방 1킬로그램이 줄어듭니다.' 이게 전부다. 세상에 있는 온갖 다이어트 방법은 이런 수지 타산을 이리저리 맞춰서 마이너스 쪽으로 기울어지게 한다. 당분 제한이든, 근력 운동이든, 식사 전 오이 하나 먹기든, 다리 떨기든, 상상 애인이든, 기생충이든, 이 원리 원칙에서 벗어나지 않는다. 그러니 분명히 나는 살이 빠-져야 맞다.

아등바등하다 보니 '절대로 살이 빠지지 않는 계정'으로 화제가 되어 팔로워 수가 쭉쭉 늘었다. 다섯 자리까지 나……. 팔로워 한 명을 체중 1그램으로 바꿔주는 곳 어디 없을까.

팔로워 늘리려고 미끼 던지는 거 아니냐는 소리가 나와, 매일 아침 체중계에 올라가는 모습을 라이브로 공개하기로 했다. 모든 사람이 내 체중과 체지방을 지켜본다. 아침 일찍부터 체중 보고를 기다린다. 이 정도 되면 스트레스나 부담감에 살이 빠져야 하지 않나?

근데 이게 절대로 안 빠졌다.

비버의 밥처럼 오이로만 가득한 점심을 SNS에 올리려다가 DM이 와 있는 걸 깨달았다.

"갑작스럽게 연락드려 죄송합니다. 피드에 올리신 내용을 보고 이야기를 들어보고 싶어 메시지 드립니다."

오호, 드디어 왔구나, 취재 의뢰! 형식을 갖춘 메시지를 보고 설레면서 답장을 보냈다.

점심 전에 하는 정보 버라이어티 방송에서 내 다이어트를 다루고 싶다는 내용이었다. 이 내용뿐이었다면 거절할 참이었는데 기획 내용을 듣고 마음이 흔들렸다. 주제는 이렇다. '지금 화제인 아무리 다이어트해도 살이 빠지지 않는 여성을 반드시 체중 감량시키는 진검승부! 다이어트의 신 세 사람이 자신의 이름을 걸고 도전한다!'

뭐? 신이라고? 진짜로 신이 있었어?

이거야말로 최후의 수단 아닐까? 내 돈은 요만큼도 들이지 않으면서 프로가 다이어트를 성공시켜준다니, 거절할 이유가 전혀 없었다. 잃을 게 하~~~나 없으, 아니 엄청 많네. 얼굴도 이름도 노출되면 안 되고, 목소리도 변형해주세요. 들키면 창피하니까요! 이렇게 신신당부하고 촬영하기로 했다.

처음 관계자끼리 얼굴을 마주하는 자리에서 조연출이 생글생글 웃으며 토끼 목 같은 것을 건넸다. 내가 영문을 몰라 굳어 있자 가냘프고 예쁜 조연출이 말했다.

"얼굴 가리는 용도예요. 모에타마 씨는 왠지 토끼가 잘 어울릴 것 같았거든요."

잠깐만, 이건 아니지. 전혀 생각지도 못한 물리적 해결책이라니, 방송국의 기술력이 너무 의심스러운데? 게다가 토끼 얼굴과 너무 똑같아서 귀엽다기보다는 누가 봐도 호러에 가까웠다.

이건 아니다 싶어 거절하려고 하자 머릿속 호시 잇테쓰•가 "너에게는 더 이상 잃을 게 없다! 뚱뚱한 채로 죽을지, 살을 빼고 죽을지 오로지 선택은 둘 뿐이다!" 하고 소리쳤다. 뭐야, 결국에는 다 죽는 거야?

"……와, 저 토끼 진짜 좋아해요. 고마워요."

아카데미상에 발 연기 부문이 있었던가.

기간은 4주다. 먼저 다이어트의 신 서 사람이 일주일씩 돌아가면서 각자의 방법을 시도한다. 그렇게 해서 가장 많이 체중 감량을 시킨 사람이 마지막 일주일을 거머쥔다. 모든 과정은 텔레비전과 온라인을 통해 수시로 공개된다. 또한 잔꾀를 부리지 못하도록 스마트 워치와 혈

• 만화가 가지와라 잇키(梶原一騎)가 1966년에 발표한 야구 만화 『거인의 별(巨人の星)』에 나오는 주인공의 아버지로, 아들을 엄격하게 훈련시키는 캐릭터로 나온다.

당치를 측정할 수 있는 센서를 달아 24시간 모든 생활을 적나라하게 보여준다. 게으름도 부릴 수 없고, 몰래 간식도 먹을 수 없다.

회사에는 사정을 설명했다. 목이 날아간 상사 대신 온 새 상사는 이벤트를 아주 좋아하는 사람으로, 재미있을 것 같으면 나중에 독점 수기를 쓰라면서 바로 승낙했다.

인터넷에서는 사전 예측이 엄청난 반응을 불러일으켰다. 제길, 다른 사람의 다이어트가 그렇게 재밌나.

뭐, 근데 타인의 다이어트 이야기만큼 좋은 심심풀이 땅콩도 없긴 하다. 세상에서 가장 싱거운 이야기가 누가 살쪘네, 살 빠졌네 하는 이야기고, 또 세상에서 가장 절실한 이야기가 내가 살쪘네, 빠졌네 하는 이야기니까.

첫째 주: 카리스마 트레이너 Kotaro 씨

이 연예인도 저 유명인도 모두 다이어트에 성공시킨 보디 셰이프 분야의 마지막 보루. 불끈불끈 근육질에 훈남이고 목소리까지 녹아내린다(근데 왜 다들 이름을 알파벳으로 쓰고 싶어 할까).

이 사람 옆에 딱 달라붙어서 계속 트레이닝을 받으면

너무 설레서 살이 빠질지도 모르겠네.

처음에는 이렇게 생각했다. 설렘 따위, 전혀 없었다. 어찌나 닦달하는지 근력 운동을 할 때는 괴수 같은 목소리를 내며 끙끙댔고, 폭포수처럼 쏟아지는 땀에 익사하기 직전이었으며, 특제 프로테인 믹스는 어찌나 맛이 없던지 한 번은 진짜로 토하고 말았다. 애초에 토끼 탈을 쓰고 근력 운동을 시키다니, 난도가 높아도 너무 높은 거 아니냐고.

죽어도 못 하겠다고 하는데도 상큼한 얼굴로 진짜 마지막 딱 한 번이라고 지껄이는 이 훈남에게 결국에는 살인 충동까지 느끼고 말았다. 죽여버릴까, 아예 죽이고 도망칠까?

결과, 체중 감량 제로. 근육통만 남았다.

둘째 주: 전설의 영양관리사 오노데라 씨

나긋나긋하면서 품위 있는 아주머니로, 초등학교나 실버타운에서 모셔가지 못해 안달이라는 전설의 영양관리사라고 했다. 이 사람이 고안한 궁극의 다이어트식을 삼시세끼 먹었다. 솔직히 진짜 맛없었다. 방송에서는

"우와, 배부르게 먹을 수 있는데 맛있기까지 하다니, 최고예요!" 하고 말해야 했지만, (오노데라 씨의 압력도 엄청 났고) 실제로는 햄스터 사료 같은 맛이 났다. 어렸을 때 먹어본 적이 있어서 안다. 햄스터 사료를 끼니마다 계속 먹다니. 지옥 같은 일주일이었다.

결과, 체중 감량 제로. 내 눈에서 총기가 사라졌다.

셋째 주: 스피리츄얼 트레이너 스이코 씨

살이 찐 것은 내 안에 있는 어른 아이가 사랑에 목말라 있기 때문이니 이것을 해결하지 않으면 살이 빠지지 않는다, 지구의 파동을 느끼면서 채우면 모든 문제가 해결된다고 했다.

산속으로 데려가 계속 가부좌를 틀고 앉아서 자연에 감사하는 수행을 했다. 식사는 세끼 다 콩 같은 것을 와그작와그작 씹어먹었다. 그렇지만 이 무렵에는 나도 깨달음의 경지 같은 상태에 도달해 있었으니 알겠다고, 뭐든 다 괜찮다면서 달관한 심정이었다.

결과, 3일 째에 강제 종료. 스이코 씨가 나 몰래 콩소메 맛 감자칩과 스트롱 제로 츄하이를 잔뜩 먹는 걸 보자마자 머리끝까지 화가 나서 달려들어 큰 싸움이 일어났다. 그런데 그 모습이 전부 방송으로 나갔다.

　2주하고도 3일.
　죽을 각오로 애썼던 2주하고도 3일이었다. 그런데 전부 허탕이었다. 이렇게까지 했는데도 단 1그램도 빠지지 않았다.

　이쯤 되자 여론도 점점 오컬트 쪽으로 기울기 시작했다. 인위를 초월한 존재처럼 여겨져 이번에는 전 세계에서 화제가 되어 SNS 팔로워 수가 여섯 자리가 되었다. 지금 나는 Woman who never loses weight 일명 WWW로 불린다. 무슨 프로레슬링 단체도 아니고.
　이제 다 포기해야겠다 싶어 편의점의 과자 선반을 살인자의 눈으로 노려보는데 방송국 프로듀서한테서 전화가 왔다. 이제 와서 네 번째 다이어트의 신을 소개하려는 거라면 지금 내 손에 있는 생캐러멜이 들어간 메가 사이즈 더블 슈크림을 일단 세 개 먹은 다음에 제안을 수락해야겠다면서 좀비 같은 목소리로 전화를 받았다.

"아, 안녕하세요. 저기 좀 갑작스러운 일인데요."

이렇게 말하며 프로듀서의 입에서 나온 것은 세상 사람들 누구나 다 아는 시가총액 100조 엔의 엄청나게 큰 벤처 기업 이름이었다.

"그 기업 연구소에서 모에타마 씨의 몸 상태를 자세하게 조사하고 싶대요."

슈크림을 손에 들고 얼이 빠진 채 이야기를 들어보니, 최근에 그 기업이 우주 관련 사업에 적극적으로 나서고 있다, 근데 로켓 몇 기를 쏘아 올리는 정도가 아니라 본격적으로 우주에서 인간이 생활하고 다른 별로 이주하는 일을 목표로 삼고 있다고 했다. 그래서 이번에 식량이나 필수 영양소 같은 문제를 해결해야 하는데 지금 화제의 인물인 WWW의 남다른 신진대사에 어떤 실마리가 있지 않을까 싶어 미국 연구소에 와서 검사를 받게 해달라고 연락이 왔다는 것이었다. 물론 미국까지 가는 비용(퍼스트 클래스!)을 비롯해 체류비(호텔 스위트룸!!)는 기업에서 제공하고, 일을 쉬는 기간 동안 수당(우와 연봉급!!!!)까지 나온다. 연구 결과에 따라 달라지겠지만, 특허 등을 받으면 그 비율에 맞추어 비용도 지급된다(평생 연봉이잖아!!!!!!!!!!!!!!!!!!!).

"가, 갈게요! 할게요, 받을게요, 오케이입니다, 기꺼이, 흔쾌히 적극적으로 완전 예스!"

프로듀서는 내 기세에 질겁하면서 며칠 내로 연락이 갈 거라며 전화를 끊었다. 5분 후 일본 대행사의 담당자라는 사람에게서 전화가 와 편의점 비닐봉지를 든 채로 계약서를 쓰러 갔고, 3일 후에는 비행기를 탔다. 나만 적극적이지는 않았던 듯했다.

퍼스트 클래스의 식사만은 끼니로 치지 않기로 했다. 이런 음식 평생 한 번 먹을까 말까일 테니까(집에 돌아갈 때는 생각하지 말자. 이코노미 클래스로 강등될 수 있으니).

너무 많이 자서 흐물흐물해진 상태로 오스틴버그스트롬국제공항에 내리자 체구가 작은 미국인 남성이 마중 나와 있었다. 머리는 지금의 나처럼 헝클어져 있었고 안경을 썼는데 단추를 목까지 다 잠근 체크 셔츠에 청바지를 입고…… 어, 뭔가 이런 사람 일본에서도 흔한 그런…….

"처음 뵙겠습니다. 존 스미스입니다. 가미이데 씨를 담당하게 되었습니다. 궁금한 점이 있으시면 저를 통해 물어보시면 됩니다."

엄청나게 유창한 일본어로 숨도 쉬지 않고 기운차게 말해서 어안이 벙벙해 있자, 존 스미스 씨는 턱에 힘을 꽉 주고 다시 빠르게 말했다.

"존 스미스는 본명입니다. 일본어는 애니메이션을 보고 배웠습니다. 네, 맞습니다, 저는 오타쿠로 일본 문화를 미치게 좋아합니다. 니치아사(ニチアサ)* 최고! 제 꿈은 언젠가 코미케**에 실제로 참가하는 것입니다."

그, 그러니까 존 씨는 엄청난 오타쿠란 소리네. 아, 근데 이 초점 없는 눈, 어디서 본 적 있는데. 맞다, 오노데라 씨의 햄스터 사료를 줄기차게 먹던 그때의 나다. 즉 존 스미스 씨는 이거구나!

"다들 똑같은 걸 물어보니까 에라 모르겠다 하는 심정으로 정해놓은 답을 말한 거죠?"

---

* 방송국 테레비아사히에서 일요일 아침에 방송하는 어린이를 위한 애니메이션이나 특수 촬영 드라마 방송을 뜻한다.

** 만화를 뜻하는 comic과 시장을 뜻하는 market을 합쳐서 만든 조어로, 만화 동인지를 파는 페어.

"Yes."

흠흠흠, 나도 그 마음 잘 알지, 그 기분 잘 알아! 나도 왜 살을 빼고 싶은지 100번 정도 질문을 받아서 이제는 자동 응답기처럼 대답할 수 있으니까. 카리스마 트레이너 Kotaro 때문에 훈남 알레르기를 일으킨 나에게는 존씨의 오타쿠스러움이 오히려 편했다. 근육 불끈, 하얀 이 번쩍, 미소 싱긋 하며 양기 에너지로 가득한 사람이 담당이었다면 다시 살의의 파동이 일었을지 모른다.

"저는 영어 전혀 못하니까 통역해주면 진짜 고맙죠. 우리 편하게 지내요, 스미스 씨."

"존이라고 부르세요. 아니면 †Everlasting Radiance†˚도 좋아요."

"네?"

얼굴을 붉히고 수줍어하면서 닉네임이라고 했다. 오타쿠스럽게 흑역사까지 장착한 거야? 참 대단하다, 대단해. 그 이후 "모에타마탄이라고 불러도 되나요?" 하고 물

• '†'는 일본 오타쿠 문화에서 오글거리는 닉네임을 꾸밀 때 쓰는 기호.

어보기에 필사적으로 정중하고 단호하게 거절했다.

　연구소에서는 별별 검사를 다 했다. 일본에 있을 때 대략 다 검사를 받았는데 그와는 비교도 안 될 정도였다. 혈액 검사도, 산소마스크 같은 걸 쓰고 달리는 검사도, CT도, MRI도, 떠올릴 수 있는 검사라는 검사는 모조리 다 받았다.

　이유는 몰라도 연구소 사람들이 숫자를 보면서 이상하게 흥분했고, 존은 마치 자기 일인 양 의기양양했다. 기분 나쁘지는 않았지만, 매일 기진맥진했다. 모처럼 호텔 스위트룸에서 묵는데 날마다 돌아오자마자 쓰러져 잠만 잤다. 식사도 여전히 비버의 먹이나 햄스터 사료와 비슷했다. 뭐, 그래도 지금 열심히 하지 않으면 평생 뚱뚱보 저주에 걸린 채 살아가야 한다는 생각이 들어 없는 기운도 쥐어짜며 버텼다.

　그렇게.

　나는 죽었다.

　아, 정확하게는 죽을 뻔했다. 죽는 줄 알았다 같은 엄살이 아니라, 정말로 죽을 뻔했다.

깊은 수영장 물속으로 가라앉아 산소량이 어쩌고 운동 부하가 어쩌고 하는 걸 측정하는 검사를 할 때였다. 검사 전에 마신 바륨 같은 약이 몸에 맞지 않았는지 아니면 근래에 스무디밖에 마시지 않아서인지 뭔가 정신이 몽롱해지더니 그대로 몸에서 힘이 쭉 빠져 가라앉았다. 그때 호흡용 케이블이 어딘가에 걸려 빠졌다고 한다. 괴롭다는 감각은 전혀 들지 않고 이상하게 졸리네, 움직이지 못하겠는걸, 몸이 왜 이러지, 싶었다.

그러다 주변이 갑자기 확 환해졌다.

다른 곳에 있었다.

희끄무레하고 푹신푹신하면서 부드러운 바닥과 천장이 끊임없이 이어져 어디가 끝인지 도통 보이지 않았다. 바닥과 천장 사이의 거리도 얼마나 되는지 파악이 되지 않았다. 그 푹신푹신한 것은 구름처럼 거대할 수도 있고 포도 정도일 수도 있었다. 그 거리감이 좀처럼 파악되지 않는 드넓은 장소에서 나는 여전히 수영장 안에 있는 것처럼 떠 있었다.

아하, 이거 그거네, 나 결국 죽었구나. 다이어트하다 죽다니 후세에까지 웃음거리가 되겠군.

그나저나 사후 세계는 참 삭막하다고 생각하며 주위를 둘러보는데 발아래 쪽 바닥이 쑥 하고 부풀어 오르더니 쩍 하고 갈라졌다. 그리고 손에 들어올까 말까 싶은 정도의 덩어리가 그대로 내 눈앞에 둥실 떠서 다가와 눈을 깜빡였다.

눈이 있었다. 검은콩 같은 조그만 눈이 두 개. 게다가 입도 있었다.

"처음 뵙겠습니다. 모에. 나는 지방의 개념 ㅇ."

"지방은 다 죽어야 해!!!!!!!!!!!!!!"

순간 나는 그 덩어리에 달려들어 때리고 걷어차고 갈기갈기 찢고 사정없이 주무르고 난도질하고 박살 내고 갈아 없앴다.

그런데 정신을 차려보니 녀석은 조금 떨어진 곳에서 검은콩 같은 눈에 공포의 기색을 역력히 드러내면서 이쪽을 바라보고 있었다.

"뭐야?"

"뭐냐니!! 자기소개하려고 하는 누가 봐도 지성 넘치는 상대에게 갑자기 죽일 것처럼 달려들다니, 짐승이라고 해도 믿겠어!"

"지금까지 살면서 지방을 보면 무조건 다 없애라고 평생 배워왔으니까."

"어떤 미친 피부 미용사가 그런 소리를 해!"

그러고 보니 이 녀석은 전철 광고판에서 정체를 알 수 없는 하얀 가운의 남성이 의미심장하게 '이것이 1킬로그램의 지방입니다'라면서 들고 있던 것과 비슷했다. 지방 1킬로그램을 살짝 귀엽게 만들어 징그럽지 않게 한 다음, 검은콩을 붙인 그런 것. 그렇지만 지방은 지방이다.

"다시 한번 말할게. 나는 지방의 개념이야. 너희들 인류가 몸에 지닌 지방이라는 존ㅈ…… 그러니까 갈기갈기 찢지 말라고! 셀룰라이트가 아니라니까! 아무리 작게 만들어도 배출되지 않아! 개념을 멸망시키려고 하다니, 니가 무슨 신이야?"

"자유라는 말을 없애면 자유라는 개념이 사라져. 같은 논리로 지방이라는 개념을 없애면."

"그런 정치 선전물 같은 말은 집어 쳐."

틈만 나면 녀석의 숨통을 끊어놓으려고 하는 양손을 필사적으로 억누르면서 이야기를 들어보니 이랬다.

① 나는 죽지 않았다. 단지 정신적으로 상당히 위험한

상태다. 위험하니까 지방짱이 보인다.

② 그렇지만 지방짱은 존재한다. 망상이 아니다.

③ 지방짱은 지방의 개념으로, 사람들이 지방에 갖는 뒤틀린 마음에서 태어났다.

"지금 세계에는 80억 명의 사람이 있는데 그중 9퍼센트가 기아로 고통받고 있고, 20퍼센트가 비만 때문에 고생하고 있어. 생물로서 양극단으로 치닫고 있지."

아아, 그렇구나.

"애초에 말이야, 생명체는 에너지를 얻는 일이 아주 중요해. 산다는 건 에너지를 얻어 번식하는 거잖아? 그런데 인간은 그런 생물로서의 숙명을 다이어트라는 나중에 갖다 붙인 이유로 수정하려 하고 있어. 배부르게 먹고 싶다, 먹으면 안 돼, 살찌고 싶다, 살 빼고 싶다 등 양가감정 속에 있지. 너도 그렇잖아?"

지방짱은 축축한 눈으로 나를 노려보았다. 꽤 똑똑한데, 이 검은콩.

"인간은 살아가는 데 최적의 균형인 건강 체중을 돈과 시간을 들여 고생고생하면서 건강하지 않은 쪽으로 수정하려고 기를 쓰고 있지. 외부의 문제로 내부를 망가트리고 있다고."

이후 지방짱은 우리가 살아가는 데 지방이 얼마나 중요한지 늘어놓기 시작했다. 너무 길어서 도중에 한 번 잤다가 일어났는데도 아직도 지껄이고 있었다.

"이 부자연스러운 에너지, 전 세계의 엄청난 사람이 기를 쓰면서 살을 빼려고 곳곳에 쏟는 에너지가 너의 다이어트로 드디어 임계점을 초월했어. 마지막 딱 한 번이라면서 벤치 프레스 했다가 무너진 것과 마찬가지인 셈이지. 결과 너는 특이점으로 고정되었어."

"특이점? 고정?"

무슨 말을 하는지 도무지 알 수 없습니다만.

"흠, 시스템이 멈춘 것과 같다는 말이야. 그러니까 살이 빠지지 않지. 너뿐만이 아니야. 앞으로 전 세계 사람이 살이 찌지도 빠지지도 않을 거야. 초 생체항상성, 슈퍼 호메오스타시스 상태란 말이지."

"뭔가 이야기가 너무 거창한데……. 그러니까 불로장생이란 말이야……?"

"그건 아니야. 어디까지나 체조직 상태가 고정되었을 뿐이니까. 지금처럼 병에도 걸리고 죽지. 그저 살이 빠지거나 찌지 않을 뿐이야. 아, 아이들은 지금의 키와 체중 그대로 나이를 먹게 돼."

완벽하게 이해했다(1도 모르겠다).

"그게, 그러니까, 그거네! 치팅 데이! 호메오스타시스는 몸이 균형을 유지하려고 하는 것을 말하잖아? 그러니 저칼로리에 익숙해졌을 때 엄청 많이 먹어 몸을 속인 다음 호메오스타시스를 해소하는 거지."

체중이 순조롭게 줄어들다가 똑같이 해도 줄지 않는 정체기에 들어섰을 때 일시적으로 칼로리 제한을 풀어 좋아하는 음식을 먹고 싶은 만큼 먹는다는 의심스러운 다이어트 방법이다.

"그러니까 인류가 다 함께 치팅 데이하면."

"안 돼. 말했잖아. 문제는 네 안의 특이점, 이른바 칼로리 수지 타산에 결절이 생긴 거라 안 돼. 인류가 다 함께 케이크 같은 거 먹어봤자 아무 소용없어."

완전 절망인데. 왜 허락도 없이 사람 몸 안에 그런 걸 만드는 거야. 절망한 나머지 지방짱을 조물닥 조물닥 주물렀다. 지방짱은 어푸, 라든지 우악, 이라든지 소리를 내면서도 이번에는 도망치지 않았다. 어쩌면 의외로 만

져줘서 좋아하는 건지도 몰랐다. 일급 지방짱 마사지사라면 될 수 있을 듯하다.

"어쨌든! 지금 우웨웨웨웨 너가 해야 하아아는 일은 흐우웅."

어? 지방짱이 부드러워진 것 같은데? 아까 말은 그렇게 했어도 마사지하면 어떻게 해결할 수 있지 않을까? 계속 열정적으로 지방짱을 주물렀다. 아예 말을 하지 못하게 된 지방짱은 휴흐흐흐흐흐 같은 소리를 내면서 사방으로 흩어졌다.

눈을 떠보니 침대에 누워 있었다.

뭔가 이상하다고 눈치챈 직원이 아슬아슬하게 나를 수영장에서 꺼냈다고 한다. 연구실 사람들이 모두 찾아와 진심으로 사죄하는데 영어여서 알아들을 수 없는 터다가 침대는 딱딱했고, 이불은 사포처럼 거칠었으며, 베개는 눅눅했다. 여러모로 불편해 알았으니까 어쨌든 존 스미스를 불러 달라고 애원했다.

급하게 달려온 존도 사과하려고 하는 것을 막은 다음 숨 쉴 틈도 없이 지방짱이 한 이야기를 전했다. 그것은 이런 내가 혼자서 감당할 수 없는 이야기였다. 그래도 여기에는 머리 좋은 사람이 많이 모여 있으니 누구 한 사람 정도는 해결책을 생각해낼 수도 있을 것 같았다.

내 이야기를 어안이 벙벙한 상태로 듣던 존의 얼굴이 점점 빨갛게 달아올랐다. 큰일 났다, 역시 머리가 어떻게 된 줄 아나 본데. 이럴 줄 알았는데 갑자기 존이 일어나 주먹 쥔 손을 높이 쳐들며 소리를 질렀다.

"니치아사다!!"

그 상태로 부들부들 떨면서 눈에 눈물이 맺힌 채 하늘을 올려다보았다.

"와, 오타쿠는 말이 잘 통해서 다행이네. 내 이야기는 비밀로 해두는 편이 낫다고 말하려고 했는데 그걸 아무렇지 않게 받아들였잖아!"

"이런 상황을 곧이곧대로 받아들이다니, 니치아사의 힘은 참 대단한걸."

이렇게 대답하고 나서 몸이 굳었다. 잠깐, 잠깐, 잠깐, 이 목소리는?

"네에, 지방짱입니다."

머리맡에 있던 베개를 움켜쥐고 있는 힘껏 던졌다. 철

썩하고 벽에 부딪힌 것은 틀림없는 지방짱 녀석이었다.

"뭐야? 왜 여기 있어?"

"그야 모에타마의 파트너니까 그렇지."

그런 반짝이는 검은콩 눈으로 쳐다보지 마. 어, 그럼 이거 다른 사람에게도 보이나……? 두려워하면서 존에 게 지방짱을 가리키며 뭐로 보이는지 물었다.

"……베개, 일까요?"

"몇 번을 말해야 알겠어. 나는 지방의 개념이라고. 개념을 눈으로 볼 수 있는 사람은 임계점을 돌파한 너밖에 없어."

크크크큰일 났다. 아무리 그래도 베개를 앞에 두고 혼잣말하면 제정신이 아니라고 판단할 게 분명했다. 이 럴 줄 알았는데(두 번째).

"마법 소녀의 파트너인 요정에 대해서는 당연히 비밀로 해야죠. 이해해요. 나에게는 베개로 보이지만, 실은 저건 지방 나라에서 온 지방의 요정, 지방짱인 거죠?"

오타쿠는 역시 이해가 빠르구나아아아! 그보다 뭔가 설정이 추가되었는데?

"OK, OK. 나는 잠자리 포지션으로 하죠. 그나저나,

감격했는데요. 니치아사 같은 이야기를 당신이 먼저 하다니. 괜찮아요. 다 나에게 맡겨요. 비밀을 지키면서 어떻게든 해결해볼 테니까."

지방짱과 존. 둘 다 그런 반짝이는 눈으로 보지 말라고!

정말로 어떻게든 해결되었다.

처음에는 베개로밖에 보이지 않는 것을 껴안고 도무지 알 수 없는 이야기를 필사적으로 하는 나를 두고 역시 그 일로 산소결핍이 되었나 보다면서 다들 안쓰럽게 쳐다보았지만. 이런 상황에서 존이 어처구니없는 행동에 나섰다. 이 이야기를 연구자들의 오픈 커뮤니티에 흘린 것이다. 뭐, 당연히 웃음거리가 되었고 어이없어했으며 제정신이 아니라는 소리를 들었다.

그렇지만 지방짱이 수면 위로 올라오면서 인류 슈퍼 호메오스타시스 상태가 진짜로 시작된 듯했다.

점점, 어, 좀 이상한데? 이러면서 사방이 시끌시끌해졌다. 그러다가 존이 올린 내용이 발견되어 드디어 인류는 깨달았다. 이제 살이 찌지도 빠지지도 않는다. 순식간에 상황이 달라졌다.

먼저 아무리 먹어도 살이 찌지 않는다는 사실에 기뻐하며 어쩔 줄 몰라 하던 사람들이 극도의 폭음 폭식 축제를 개최했다. 반대로 그럼 먹지 않으면 어떻게 될지 궁금하다면서 절식 챌린지에 도전하는 사람도 나왔다. 성형외과 의사들은 수술로 지방을 아무리 빨아들여도 원래대로 돌아갔기 때문에 얼굴이 사색이 되었다.

현재의 자신에게 완벽하게 만족하는 사람은 별로 없을 것이다. 더 이상 달라지지 않는다는 사실이 실제로는 아주 심각한 상황이라고 다들 깨달으면서 초조함을 드러내기 시작했다. 무엇보다 사람들에게 가장 큰 충격을 안긴 것은 아이들이 현재 상태에서 더 이상 성장하지 않는다는 점이었다.

전 세계 사람 중 기아 9퍼센트와 비만 20퍼센트, 그리고 아이가 있는 엄청난 퍼센트의 부모가 거세게 반발했고, 세계의 두뇌 몇 퍼센트를 움직여 그들이 죽을 각오로 방법을 찾아 해결책을 발견했다. 인류는 정말 대단하다.

"특이점은 특이점으로 없애면 돼요. 모에 씨 안에 초소형 블랙홀을 생성할 예정입니다. 아직 시험 단계지만, 위성궤도 상에 있는 소형 양자 가속기를 사용할 거예요.

슈바르츠실트 반경 알죠?"

무슨 말인지 전혀 모르겠는데요. 정신없이 속사포로 쏟아내는 존의 입에 지방짱을 쑤셔 넣었다. 둘이 같이 우웨웨웨웨웩 했지만, 신경 쓰지 않았다.

"세 줄로 요약해줘."

"즉."

존이 진지하게 전했다.

"당신은 우주로 갈 거예요."

뭐야, 한 줄이잖아. 무슨 편의점 가는 것도 아니고, 우주에 그렇게 쉽게 갈 수 있다고?

"잊었어요? 여기 우주 벤처회사인데?"

살면서 가장 어설픈 윙크를 보고 말았다.

드디어 출발을 하루 앞둔 전날 밤, 줄곧 모르는 체하고 있던 일과 마주했다. 이 모든 일의 발단이 된 네 명의 그룹 채팅에 마음을 굳게 먹고 메시지를 남겼다.

모에: 미안, 일이 너무 바빠서 애프터눈 티 모임에 못 갈 것 같아. 그때는 다들 내 몫까지 많이 먹고 즐겨.

여기까지 쓰는 데 시간이 엄청나게 걸렸다.

에리린: 아, 정말? 뭐야, 빨리 말하지 그랬어. 다시 스케줄 잡아 볼게.

고토미: 아직 예약 안 했으니까 괜찮다.

마유: 언제 돌아와?

모에: 흠, 확실히 잘 모르겠어.

모에: 어? 근데 언제 돌아오냐니?

마유: 그니까 지구에 돌아오면 연락하라고, 모에타마.

모에: 어? ㄴㅍㅋㅣㅏㄷㅏㄴㅇ히;;

에리린: 뭐야, 우리가 모를 줄 알았어?

고토미: 나, 꽤 초기부터 모에타마 계정 팔로우하고 있었는데? 다이어트 엄청 열심히 하네, ㄴ도 질 수 없지 생각했어.

마유: 솔직히 나도 온라인 요가만 하다 보니까 자연스럽게 나태해져서 엄청 살이 쪘거든.

에리린: 체지방률 30은 넘어서야 다이어트 시작할 때지(웃음).

고토미: 이중턱 안 들키려고 셰이딩을 얼마나 진하게 넣었었는데.

이 여자들은 정말 강적이다. 체지방을 꿰뚫어보는 것

도 보자라, 익명 계정의 주인이 나라는 사실까지 알아채다니. 어안이 벙벙한 상태로 격려를 받고, 잘 다녀오라는 인사를 들으며, 기념 선물로 우주만주(저당)를 사 오라는 말에, 이상하게 속이 후련해졌다.

마지막에 "모에 스미스라는 이름, 괜찮을 것 같아."라고 한 말에는 전혀 용납할 수 없었지만.

이렇게 해서 나는 지금 우주에 있다.

수십 킬로미터나 되는 길고 긴 파이프를 연결해 국제 우주선형충돌기 한가운데에 있다. 마취라도 해서 잠들게 하려나 했는데 의식이 있든 없든 별 차이가 없고, 아프거나 뜨겁거나 하는 느낌도 아마 못 받을 거라고 했다.

내 주변에는 여전히 지방짱이 둥실둥실 떠 있었다.

"이거 성공하면 ISLC 다이어트 같은 이름 붙여서 수상한 영양제 팔아 제끼면 돈 긁어모을 수 있지 않을까?"

우스꽝스러운 이야기를 지껄인 데는 솔직히 무서워서였다. 전 인류 통틀어 양자와 전자가 벌이는 피구 놀이의 표적이 되는 사람은 내가 처음이니까. 아무도 분명하게 말하지 않았지만, 죽을지도 모르고 더 안 좋은 상황에 빠질 가능성도 있었다. 그러니 지금 여기에 지방짱이 곁에 있어 다행이라고 슬며시 생각했다.

"근데 지방짱은 어떻게 돼?"

"오, 나랑 더 이상 못 만나게 된다니까 슬퍼?"

"그런 거 아니거든! 그런 고리타분한 말 하지 마. 그보다 앞으로 어떻게 되려나 싶어서."

"나도 몰라. 애초에 왜 내가 생겨났는지도 알 수 없고."

"그렇구나. 그렇다면 이런 상태에서 벗어난다 해도 인류가 늘 그래왔듯이 비정상적으로 살을 빼고 싶다는 생각은 달라지지 않겠지? 그러니 어쩌면 또 멀지 않은 시기에 비슷한 일이 벌어질지도 몰라."

"인류만 그렇지는 않아."

어, 이 녀석 뭔가 엄청난 말을 한 것 같은데.

"이 우주에서 사고를 할 수 있는 모두가 비슷한 생각을 해. 많든 적든 삐죽하든 둥글든 텅 비었든지 꽉꽉 차 있든지 지금의 자신에게 모두 불만을 가지고 있지."

"그럼 말이야, 삐쩍 마른 화성인과 통통한 지구인을 서로 바꿀 수 있다면 좋을지도 모르겠다."

이렇게 말하면서 그다지 나쁘지만은 않겠다 싶었다.

우주는 일정하지 않으며 한쪽으로 치우쳐져 있다. 하지만 언젠가 그 부족한 부분이나 남는 부분을 교환할 수 있게 된다면 어떻게 될까? 모두 만족하고 행복해질지 모른다.

아, 그렇구나. 일본에서 가장 오래된 역사서인 『고지키』에 나온 '다 빚어지지 못한 곳' '다 빚어지고 남은 곳'이란 이런 경우를 두고 말하는 걸지도 모르겠다.

"좋았어, 그럼 이걸 모에모에프로젝트라고 이름 붙여야겠다."

"촌스럽기는."

"상관없어. 말이 있으면 개념이 생겨. 개념이 있으면 다들 생각하게 될 것이고, 언젠가 해결책을 발견하거나 너처럼 이상한 생물체가 또 생겨날지도 모르잖아?"

"그런 정치 선전물 같은 말 하지 마."

특허료 받으면 연구소를 짓고 거기에 제법 유능한 연구자 티가 나는 존을 불러들여서 모에모에프로젝트를 해봐도 좋겠지. 그러고 보니 지구를 떠날 때 존은 눈물을 글썽이며 "당신을 지켜줄 부적이에요."라면서 마법 소녀의 아크릴 열쇠고리를 쥐어주었다. 그것도 돌려주어야 하니까. 모에 스미스는 절대 안 될 거`만, 공동 경영자 정도는 해줄 의향은 있다.

버저가 사방으로 울려 퍼졌다. 심장어 안 좋으니 벨 소리를 좀 근사한 걸로 하지.

"이제 곧 가겠구나."

"응. 네가 없어져도 기억해줄게."

지방짱은 웃으며 내 볼에 아주 잠깐 착 달라붙었다. 징그러워.

자, 어디 한 번 와보시지. 양자와 전자! 이렇게 된 이상 무서울 것 하나 없다. 지금 생각나는 것은 딱 하나. 스콘! 애프터눈 티의 스콘! 탄수화물 덩어리에 엄청나게 칼로리가 높은 클로티드크림이랑 설탕 덩어리인 잼을 질릴 정도로 듬뿍 올려 한입에 다 먹어 버려야지.

다이어트? 괜찮아, 내일부터 하면 돼!

언젠가 토막에
비가 내린다면

빗소리가 들린다
비가 내리고 있었다

그 소리처럼 가만히 세상을 위해 일하고 있었구나
비가 그치듯이 조용히 죽어가자

야기 주키치(八木重吉)*

---

* 미야자와 겐지와 함께 일본 근대시를 개척한 시인이다. 고독이 묻어나는 짧고 간결한 시가 특징이다. 쇼와 초기인 1927년 29세의 나이에 타계했으며 『가을의 눈동자(秋の瞳)』 『가난한 신도(貧しき信徒)』 등 두 권의 시집을 남겼다.

사막이 아닌, 토막이라고 알려준 이는 내 3년 선배였다. 모래가 아니라 흙으로 만들어진 사막이라서 토막이라고 부른다. 우리가 사막하면 흔히 떠올리는 모래 언덕이 연달아 이어진 풍경이 아니라, 바위와 돌과 흙으로 만들어진 산과 땅이 드넓게 펼쳐져 있다. 대지도 하늘도 텅 비어 있고 그저 광활하다.

그럭저럭 잘 갖추어진 동네에서 자란 나는 텅 빈 이곳이 처음에는 무서웠다. 내가 품고 있는 두려움이 무엇인지 확실히 알고 싶어서 스마트폰으로 사전을 찾아보았지만, 망막(茫漠)이나 활대(闊大), 표묘(縹渺) 같은 읽기 어려운 한자들만 나올 뿐이었다.

주위 100킬로미터 안에 있는 것은 산 페드로 데 아타카마라고 하는 작은 마을 하나뿐이다. 사람이 살 수 있는 조건을 갖춘 장소로, 수천 명이 모여 생활한다. 그 외에는 광산 시설, 그리고 내가 지내는 숙소만 있다.

마을에서 약 20킬로미터, 해발고도 2,900미터에 있는 고지대 한가운데에 알마천문대 산록시설이 건설되어 있다. 그리고 여기에서 30킬로미터 더 떨어진 해발고도 5,050미터인 산 위에 아타카마 대형 밀리파 서브 밀리파 간섭계가 쭉 설치된 산머리 시설이 자리한다.

수도 산티아고에서 비행기로 약 2시간 떨어진 토막 한 가운데에 아타카마천문대가 건설된 데는 당연히 이유가 있다. 산소가 부족하고 아주 건조하기 때문에 구름이 없다. 천체가 뿜어내는 적외선을 관측하려면 대기 중의 수증기가 되도록 적은 편이 유리하다. 이곳은 고지대인 데다가 아주 건조하다보니 위성궤도 상에서 우주망원경에 버금가는 정밀도로 별을 관측할 수 있는 지구상에서도 아주 보기 드문 장소다.

천문대 주위에는 사람도 살지 않아 관측을 방해하는 소음도 적다. 많은 전파망원경을 건설할 수 있는 평평하고 안정된 땅도 있다. 남미 중에서도 비교적 정세가 안정되어 있고 경제가 발달한 칠레라는 국가. 즉 전 세계에서 가장 적합한 땅으로 선택된 '관측 최적지'다. 그렇지만 그와 동시에 '아주'라는 말이 몇 개나 붙을 정도로 벽지이기도 했다.

사람이 사는 마을까지는 아무리 가까워도 차로 1시간 걸린다. 1시간밖에 안 걸린다고도, 1시간이나 걸린다고도 할 수 있는 거리니 어쩌면 벽지라고 할 정도까지는 아-

널지 모른다. 그렇지만 화성처럼 생긴 주변 경치까지 더해져 심리적으로는 훨씬 멀게 느껴졌다.

"다음 휴가 때 뭐 할 거야?"

"우일로우일로에 갈지도 몰라. 아열대 우림인데 좋은 호텔이 있거든."

동료이자 대만인인 주문첸과 고산병 방지를 위해 코카잎을 씹고 알코올 도수가 낮은 맥주를 마시면서 저녁노을을 바라보며 잡담하는 일이 거의 매일의 루틴이다. 이곳은 저녁노을과 별이 총총 뜬 하늘만 아주 근사하다.

지금도 눈앞에서 보라색과 분홍색의 비율이 조용히 달라지고 있다. 위쪽은 벌써 진한 남색 빛을 띤다. 서서히 내려앉는 어두움 속에서 가장 먼저 빛나는 작은 별과 가느다란 달이 희미하게 보이기 시작했다. 아이폰에서는 달콤한 목소리로 누군가가 '비가 내릴 때도 있지' 하고 노래했다. 아타카마는 지구상에서 가장 강수량이 적은 장소지만. 오늘은 구름 한 점도 없어 하늘이 단조로웠다. 그래도 소름 돋을 정도로 아름다웠다. 이런 쇼를 매일 무료로 공개하는 지구는 참 아량이 넓다고 볼 때마다 생각한다.

"아, 세뇨르다."

또 한 명의 야외 잡담 멤버가 얼굴을 비추었다. 말은 이렇게 했지만, 사실 사람이 아니다. 비스카차라고 불리는 쥐처럼 생긴 커다란 생물이다. 이 동 근처에 사는 듯 자주 본다. 저녁이 되면 햇볕으로 따뜻해진 바위 위에 모습을 드러낸다. 실제로는 암컷이고 새끼도 있지만, 세뇨르라고 불린다. 토끼나 쥐와 닮았는데 그 모습에서 귀여움만 쏙 뺀 듯한 얼굴이, 강한 햇빛에 눈을 가늘게 뜨는 그 표정이 너무나 아저씨 같아 언젠가부터 세뇨르라는 별명이 붙었다.

이 근처에는 세뇨르 말고도 비스카차 몇 마리가 사는데 세뇨르는 오른쪽 귀가 살짝 잘려 있어 바로 알아볼 수 있다.

"세뇨르는 쭉 여기에서 사네."

"그러고 보니 그렇네. 내 전임자가 있던 무렵부터 살았다던데. '파이센*'이네."

• 선배를 뜻하는 센파이(先輩)를 친한 사이에서는 두 한자의 위치를 바꾸어 장난스럽게 파이센이라고 부른다.

마지막만 일본어로 말하며 문첸이 웃었다. 일본 애니메이션을 좋아하는 문첸은 가끔 이상한 일본어만 유독 잘 알았다. 같은 아시아인이라서 그럴까. 이야기할 때 편하다. 10대 때 미국에서 유학한 문첸은 두뇌 회전이 빠르다 보니 문제의 원인을 파악하는 능력이 뛰어나 현실적인 해결책을 바로바로 찾아내 엔지니어로서도 존경할 만한 상대다. 문첸이 없었다면 내 아타카마 생활은 지금보다 더 팍팍했을 것이다.

"세뇨르 '파이센'에게 건배를."

우리는 이렇게 말하며 맥주 캔을 부딪쳤다.

너도 열심히 사는구나. 어렴풋이 동료의식 같은 걸 느끼면서 두 사람과 한 마리가 저녁노을을 바라보았다.

나는 파라볼라 전문 기술자다.

산머리 시설이 자리한 차이난토르평원은 해발고도 5,050미터에 있다. 지름 12미터인 파라볼라안테나가 쉰네 대, 그보다 좀 작은 7미터의 안테나 열두 대가 나란히 놓여 가만히 하늘을 바라본다. 인간의 눈으로 치자면 시력이 6,000인 안테나들이 수신한 전파는 진공냉동용기에 담긴 수신기 카트리지로 전송된다. 일본의 국립천문대가 제공한 Band 4, 8, 10의 점검과 정비가 내가 주로 하는 일이다.

문첸은 나와 마찬가지로 대만중앙연구원에서 수신기 개발 전문가로 파견되었다.

한 달에 한 번, 산티아고에서 알마천문대로 데이터를 확인하러 간다. 고도에 적응하는 시간도 필요해 산록 시설에서 지내는 기간까지 포함하면 대략 2주 간격으로 아타카마와 산티아고를 오간다. 문첸과는 그 타이밍이 거의 비슷해 얼굴을 보는 일이 잦았다. 전문 분야도 비슷하고 얼추 말도 잘 통해 (같은 애니메이션을 좋아한다거나) 산티아고에서도 종종 만나 술을 마셨다.

경비 신청을 하러 산티아고 사무실에 들렀을 때 이 사무실에 벌써 7년이나 있었다는 이치야마 씨와 잡담을 나누다가 '세뇨르 파이센' 이야기가 나왔다.

"어? 세뇨르, 대가 바뀌지 않았을까? 전의 전의 소장님이 있을 때부터 그 이름을 들었는데? 2010년 무렵인 것 같아. 근데 비스카차는 수명이 7, 8년일 텐데?"

그렇다면 세뇨르는 지금 적어도 열두 살이다. 아니면

똑같이 귀가 잘린 비스카차가 우연히 관측대 근처에 살고 있나?

일단 궁금증이 생기자, 그때부터 세뇨르의 모습을 슬쩍슬쩍 관찰하게 되었다. 통통하고 동글동글한 풍만한 몸만 보면 도저히 나이가 120세(인간으로 환산하면)라는 생각이 전혀 들지 않았다.

비스카차는 친칠라와 같은 과인 설치류에, 몸길이는 50-60센티미터 정도다. 아르헨티나, 에콰도르, 페루, 볼리비아, 칠레 등 남미의 한정된 장소에서만 서식한다. 땅속에 10-20제곱미터에 이르는 커다란 굴을 파서 살며 물은 거의 마시지 않고 풀이나 씨앗, 뿌리를 먹는다. 눈을 가늘게 뜬 근엄한 표정과 복슬복슬한 몸이 인기를 끌어 SNS에서 화제를 불러일으킨 적도 있었다. 그렇지만 기본적으로는 아는 사람만 알 정도로 수수한 동물이다. 멸종 위기에 처하지도 않았고, 인간이 식용으로 잡거나 가죽을 취하는 일도 거의 없다. 나도 아타카마에 오기 전까지는 그 존재조차 몰랐으니까.

그렇지만 지금은 어렴풋이 동료의식도 있다 보니 밖에 나가면 세뇨르를 찾는다.

그날 나는 세뇨르의 새끼가 커다란 독수리에게 공격 당하는 모습을 보고 말았다.

산록 시설인 카페테리아 밖에서 샌드위치와 다이어트 콜라를 먹으려고 들고 나왔을 때였다. 머리 위를 그림자 하나가 빠르게 지나가더니 시야 끝에서 엄청난 속도로 바위산을 치달아 올라갔다 내려와 홀로 남겨져 있던 작은 덩어리를 붙잡아 끌어 올렸다. 깜짝 놀라 아연실색해 있던 나는 그제야 겨우 정신을 차리고 샌드위치와 콜라를 든 팔을 휘저으면서 큰 소리를 지르며 달려갔다.

독수리는 나 때문에 놀랐는지 붙잡고 있던 것을 떨어뜨렸다. 내가 몸이 굳어 움직이지 못하는 사이에 그것은 근처 바위 위로 떨어졌다.

세뇨르는 아니었다. 세뇨르가 키우는 두 마리 새끼 중 한 마리였다. 바위 위에서 완전히 찌부러져 분홍색과 회색과 빨간색과 갈색의 덩어리가 되어 있었다.

내가 큰 소리를 냈기 때문일까? 그렇게 하지 않았어도 새끼는 독수리에게 잡아먹혔을 것이다. 어떤 방법으로도 구할 수 없었다. 어쩔 수 없었다, 제때 도망치지 못한 순간 새끼의 운명은 이미 정해져 있었다. 그렇게 내 안에서 되뇌었지만, 눈앞에서 벌어진 작은 생물의 죽음에 나는 한동안 그저 멍하니 조금 전까지 생명을 품고 있던 것을 바라보았다.

그러다 정신이 퍼뜩 들었다. 독수리가 돌아와 새끼를 먹으면 안 된다고 생각했기 때문이었다. 이미 죽었으니, 독수리가 먹게 내버려두는 편이 나을지도 몰랐다. 그렇지만 나도 종종 보던 그 세뇨르의 새끼를 저렇게 내버려둘 수 없었다.

묻어주자. 문명인이 지닌 감상주의겠지만, 적어도 이렇게라도 해주자.

서둘러 카페테리아에서 종이 타월을 가져와 두툼하게 새끼의 몸을 덮었다. 되도록 죽은 새끼의 감촉이 느껴지지 않도록 하면서 조심조심 가만히 들어올렸다.

그러다가 문득 멈추고 말았다.

말로는 묻어야겠다고 했지만, 어디에 묻어야 하지?

강한 햇빛으로 굳은 지면은 엄청나게 딱딱하다. 바위가 부서져 만들어진 얕은 모래 안에 묻으면 퓨마나 여우가 파내서 먹을지도 모른다. 관광 명소로 유명한 달의 계곡까지 가면 모래언덕이 있지만, 그곳까지 어떻게 들고 가지?

손에 든 죽은 새끼를 다시 바닥에 둘 수도 없어 나는 그 자리에 우뚝 선 채로 안절부절못하고 있었다. 손안에 있는 새끼는 가벼워 종이 타월 뭉치 안에 조금 전까지 생명이 있던 몸이 들어 있다는 게 신기할 정도였다.

그때 손안에서 새끼가 움직였다.

사후 경련인 줄 알았다. 그런데 움직이고 있었다. 한 번이 아니었다. 분명히 느껴졌다. 미약했지만, 점점 확실하게. 작은 발이 안에서 종이 타월을 찼다. 몸을 비틀며 발버둥 치고 있었다.

어쩌면 아직 죽지 않았을지도 모른다는 생각이 들면서도, 머릿속에서는 그럴 리가 없다고 알고 있었다. 살과 가죽과 뼈가 한 덩어리가 되어 엉망진창이 되었는데 목숨이 붙어 있을 리 만무했다. 죽어 있었다, 새끼는 분명 죽어 있었다.

자, 그럼 뭐지, 내 손안에서 발버둥 치면서 꺼내달라고 확고한 의지를 표명하며 움직이는 이 덩어리는 도대체 무엇일까?

종이 타월 안에서 작은 코가 빼꼼 보였을 때는 더 이상 그냥 있을 수 없었다. 나는 덜덜 떨면서 종이 타월을 눈앞에 있는 바위에 떨구듯이 놓았다. 그러자 안에서 새끼가 기어 나왔다. 눈을 동그랗게 뜨고 아무 일 없었다는 듯한 멀쩡한 모습으로.

바위산을 뛰어 올라가는 새끼를 세뇨르가 기다리고 있었다.

페이스북 피드를 쭉쭉 내려서 전 여자 친구와 갔던 콘서트 사진을 찾았다. 그때 소개받은 친구들 중에 칠레대학교 생물학자가 있었는데…… 아, 찾았다. SNS 중독이었던 전 여자 친구, 고마워.

이름이 뭐였더라, 맞다, 호세 루이스였다. 수염이 가득한 얼굴에 몸집이 아담하고 쾌활한 성격의 남자였다.

상대방 입장에서 나는 친구의 옛 애인, 게다가 몇 년 전 겨우 한 번 만났을 뿐인 정체를 알 수 없는 일본인이다. 그런 사람에게 갑자기 메시지가 와서 놀랐을 텐데 호세 루이스는 친근하게 답장을 보내왔다. 나는 잡담하는 척하면서 그 사람에게 회수해두었던 종이 타월 이야기를 꺼내며 스며든 피를 분석해줄 수 있는지 물었다.

칠레 사람들은 붙임성이 좋고 친절하며 기분파이면서 무슨 일이든 적당히 넘기고 분위기를 잘 맞춘다. 저녁 6시에 시작하는 파티 안내를 보내면 손님은 대략 밤 12시 넘어서부터 오기 시작한다. 그때부터 아침까지 시끌벅적하게 논다. 그러니 호세 루이스도 분명 대답은 그럴싸하게 해놓고 신경도 안 쓰겠지 싶었다. 그러니 설마 진짜로 전화가 걸려 오리라고는 생각도 못 했다.

"¿De donde sacaste esa sangre? ¿Que demonios es? (그 혈액, 어디에서 손에 넣었어? 이거 도대체 뭐야!?)"

그렇지 않아도 너무 빨라 알아들을 수 없는 칠레 억양의 스페인어를 잔뜩 흥분한 상태로 쏟아내니 더 난도가 높았다. 몇 번이나 다시 말해달래서 알아낸 사실은 일반적인 경우보다 혈액에 적혈구가 많다는 점이었다. 단, 이는 산소 농도가 낮은 지역의 생물에게서 흔히 나타나는 특징이었다.

"¡Pero hay un problema! (그런데 문제가 있어!)"

자세한 내용은 직접 만나서 이야기하겠다고 했다.

우리는 체인 커피숍에서 만났다. 그리고 호세 루이스

는 맛없는 커피를 홀짝이면서 몇 번이나 ¡No lo puedo creer!, 믿을 수 없다는 말을 반복했다.

혈액에는 지금까지 본 적 없는 결정 구조가 포함되어 있었다. 게다가 물을 더하면 구조적으로 변했다. 단, 샘플 상태가 아주 좋지 않아 정확한 정보는 알 수 없었다.

호세 루이스가 너무 흥분해서 혈액이 묻은 종이 타월을 회수하는 데 애를 먹었다. 혈액을 좀 더 채취해 다시 보내겠다, 그렇지만 자세한 것은 아직 말할 수 없다, 내일을 잘 알지 않느냐(이건 허세). 이렇게 어르고 달랬다.

나중에 연락하겠다면서 헤어진 뒤 역으로 향하며 페이스북에서 호세 루이스를 차단했다. 그리고 메시지도 전화도 착신 거부로 돌렸다. 괜찮을 거야. 저 녀석 한 번도 내 이름을 제대로 부르지 못했으니까. 분명 못 찾을 거야.

아직 이때는 어떤 확실한 생각이 있지는 않았다. 그렇지만 호세 루이스가 엄청나게 흥분한 모습을 보면서 이것은 보통 일이 아니겠다 싶어 몸속 어딘가가 시끄러웠다. 이대로 세뇨르의 새끼에 관한 이야기가 세상에 퍼지면 불상사가 생길 게 분명했다. 누군가에게 도움을 받을 수는 없으니 무슨 일이 있어도 나 혼자 조사해야만 했다.

그 뒤로 나는 천문대 일지를 거슬러 올라가 꼼꼼히 읽기 시작했다. 시간도 끈기도 필요했다. 알마천문대는 2011년에 생겼다. 긴 시간 기록된 보고와 불만과 일기와 기록을 하나씩 차근차근 읽어 내려갔다.

몇 년에 한 번, 누군가가 세뇨르와 새끼에 관한 이야기를 기록했다.

더, 더 과거로 거슬러 올라갔다. 10년, 20년…… 그렇게 해서 발견한 세뇨르에 관해 가장 오래된 기록은 이 천문대의 건설 부지를 조사하고자 방문한 캐나다인 전문 기술자의 낙서였다. 서툴게 그린 동글동글한 생명체의 귀에 잘린 부분이 있었다. 세뇨르였다. 저때가 1997년이니 무려 지금으로부터 25년 전이다. 그렇게 따지면 세뇨르는 평균 수명의 4배 이상이나 되는 시간을 살아온 셈이다.

우연히 귀에 잘린 흔적이 있는 비스카차가 4대나 대물림되어 산록 시설 근처에 집을 짓고 살게 되었다. 세뇨르의 자손들은 모두 같은 귀 모양을 하고 있다. 실은 낙서가 잘못 그려졌고, 어쩌다 보니 귀에 잘린 부분이 있는 것처럼 보였을 뿐이었다. 이것저것 짐작할 수 있는 가능성을 모두 쥐어짜보았지만, 사실은 그렇지 않다고 이미 알고 있었다.

세뇨르는 25년 전부터 여기에서 살고 있었다. 한 마리의 비스카차가 평균 수명의 4배 이상에 달하는 세월을 이곳에서 살고 있다. 아니, 기록에 남아 있는 것만 25년이지 어쩌면 더 오래 살았는지도 모른다.

이걸 확인하려면…….

여기에서 나는 벽에 부딪혔다. 가설을 검증하고 싶어도 세뇨르에게 접근할 방법이 없었다. 만약 포획해도 내가 세뇨르를 해부한다고? 그건 절대 못 한다, 나는 생물학자가 아니니까. 그렇다고 호세 루이스에게 부탁할 수도 없다. 일을 키우지 않고 할 수 있는 방법에는 한계가 있었다.

나는 좀처럼 집중하지 못한 채 두려움에 떨며 사람들의 눈을 피해 혼자 조용히 움직였다. 세뇨르와 그 새끼들을 보는 게 무서워 예전처럼 밖에서 점심을 먹거나 문첸과 저녁노을을 보면서 맥주를 마시지도 않았다.

누가 보아도 수상한 나를 문첸이 가만 내버려둘 리가 없었다.

"혹시 말할 수 있는 일이라면 들어줄게."

전 여자 친구와 헤어졌을 때 술에 취한 내 이야기를 꾹 참고 들었을 때와 같은 얼굴로 문첸이 나를 바라보았다.

"아, 아니, 그게 아니야. 아, 그게 아니라는 건 이야기 못 한다는 게 아니라, 그러니까……."

어떻게 설명해야 좋을까. 순간적으로 이렇게 생각하다 깨달았다.

커다란 비밀이 나를 점점 짓누르고 있었다. 자신이 보고 있는 것이 얼마나 깊은지 알지 못한 채 암중모색하며 파고들어 가는 게 두려웠다. 그래서 나는 문첸에게 그 반을 떠넘길 수 있을지도 모른다면서 안도하고 있었다.

지금까지의 일을 설명했다. 문첸은 아무 말 없이 듣더니 딱 잘라 말했다.

"세뇨르의 집을 찾자. 그 입구에 똥이 쌓여 있을 거야. 그걸 조사하자."

"내 말을 믿는 거야?"

"반신반의야. 그렇지만 믿는 편이 재미있어 보이니까.

세뇨르가 불사신일 가능성도 '미레존'이잖아?"

미레존이 '미립자 레벨로 존재한다'는 뜻이라는 걸 알았을 때는 소리를 내면서 웃고 말았다. 오랜만에 마음이 홀가분했다.

우리는 인터넷 쇼핑몰에서 적외선 카메라를 몇 대 주문해 여기저기에 설치한 다음 세뇨르의 행동을 추적하기 시작했다.

낮에는 졸면서 시간을 보내는 비스카차도 밤이 되면 먹이를 찾아 활발하게 돌아다녔다. 가끔 카메라에는 퓨마나 비쿠냐도 찍혔다. 카메라 설치 장소를 조금씩 바꾸어가면서 우리는 세뇨르의 행동 범위를 파악했다.

얼마 지나지 않아 집을 발견했다. 비스카차는 집 주변에 온갖 것을 모아 쌓아두었다. 거기에서 채취한 배설물이나 털을 이번에는 우리가 분석했다. 칠레인 생물학자 호세 루이스가 흥분했던 결정 구조는 똥에서도 발견되었다. 물을 붓자 접었던 색종이가 펼쳐지듯 전개되었다. 매우 튼튼하고 유연하고 탄성이 좋았다. 그리고 무엇보다 놀란 점은 자기회복능력이 있었다. 만약 세뇨르의 새끼가 온몸에 이 결정구조를 가지고 있었다면……. 분명 불사신이 될지도 모른다.

우리는 얼굴을 마주 보고 거의 동시에 말했다.

"이거…… 위드만스테텐결정이랑 비슷해."

우리가 마음이 잘 맞는 또 다른 이유는 둘 다 천문쟁이라는 점이다. 천체나 운석에 미료되어 천문학자는 되지 못했어도 그와 관련된 직업을 가졌다. 어렸을 때 푹 빠져서 펼쳐보던 천문도감이나 과학 잡지에 실린 기묘하고 아름다운 결정 구조는 이름이 아무리 길고 복잡해도 아직까지 머릿속에 남아 있었다. 비스듬하게 교차하는 결정 구조는 그때 보았던 사진과 똑 닮아 있었다.

위드만스테텐구조란 철과 니켈을 대량 함유한 옥타헤드라이트형 운석에서 드러나는 특징인 테트라테나이트 층이다. 특이한 자기적 성질로 형성되는 이 구조를 인공적으로 만들어내기는 불가능하다.

"운석의 기록을 찾아보자. 세뇨르의 행동 범위 안에 떨어졌을 게 분명해."

우리가 있는 곳은 세계 최고의 천문대다. 설립 이전의 기록도 자료로 남아 있었다. 1995년 유난히 거대한 철운석이 이 주변에 떨어졌다. 샘플이 산 페드로 데 아타카마의 운석박물관에 보관되어 있다고 했다. 홈페이지의 갤러리를 보다가 철운석으로 보이는 사진을 발견했다.

"철운석은 워낙 흔해서 전시는 안 해놓은 듯해."

"319그램, Octahedrite fino, 옥타헤드라이트네. 절삭되어 있군……. 아, 여기 봐. 역시 이 단면 엄청 비슷한걸."

컴퓨터 화면에서 얼굴을 들어 문첸과 마주보았다.

"여기로 가자. 이 운석이 떨어진 장소로."

나와 문첸은 천문대에서 차를 빌렸다.

아타카마사막을 달리는 자동차는 빨간 깃발을 높게 내건다. 지형의 기복이 심해서 달리는 자동차가 보이지 않게 되기 때문이다. 나는 닛산 자동차의 깃발을 펄럭이면서 달렸다.

아무것도 없는 그저 드넓은 토막. 고온으로 구운 유약처럼 파랗고 파란 하늘. 붉은 바위와 모래. 붉은색과 파란색, 그리고 땅의 하얀색. 칠레의 국기 색이었다.

그 장소를 찾는 데는 애를 먹었다. 319그램의 운석이 떨어져 만들 수 있는 크레이터는 아무리 커도 몇 미터밖에 안 된다. 자료에 남아 있던 위도와 경도를 스마트폰으로 확인하면서 마지막에는 걸어서 맨눈으로 찾았다. 은석 자체는 이미 회수되었지만, 낙하했을 때 생긴 크레이터를 희미하게 확인할 수 있었다. 10년이나 세월이 지나면 풍화되어 다른 장소와 구별이 잘 안 될 것이다.

"물 빠진 갯벌 같네."

충돌로 생긴 석영이 지면을 반짝반짝 뒤덮고 있었다. 반사된 빛이 선글라스를 통과해 눈을 쫄렀다.

"이건?"

문첸이 발걸음을 멈추었다. 발아래어 조금 다른 색의 무언가가 굴러다니고 있었다. 구리광산 주변에서 흔히 보는 염기성탄산구리인가 싶었는데 더 선명한 초록색이었다. 잘 살펴보니 여기저기에 널려 있었다.

나는 문첸을 바라보았다. 문첸은 고개를 끄덕이더니 아무 말 없이 물통의 물을 끼얹었다. 녹반처럼 생긴 결정은 물을 끼얹은 순간 전개되기 시작했다. 접혀 있던 내부 구조가 물을 흡수해 펼쳐졌다. 레이스 냅킨, 만화경, 루빅큐브, 조각가 테오 얀센의 스트랜드 비스트, 지의류처럼 그 움직임에는 사람을 현혹해 눈을 떠지 못 하게 하는 능력이 있었다. 그렇지만 가차 없이 내리쬐는 햇빛과 건조한 날씨에 물이 순식간에 증발해 처음과는 반대로 다시 오그라들었다.

찰나의 전개, 그리고 수습. 그러한 움직임은 분명히 다른 성질의 것이었다.

문첸이 조심스럽게 우리의 의구심을 말로 표현했다.

"이것은 광물이 아니야…… 생물이야." 식물의 생장을 빨리감기한 영상이나 초등학교에서 실험으로 키운 유리 결정과도 같았다.

"운석과 함께 떨어진 에일리언이란 말이야?"

"여기 아타카마로 떨어진 게 운이 나빴던 거지. 만약 바다였다면 순식간에 불어났을 텐데."

만약 물이 훨씬 많은 장소에 떨어졌다면.

만약 수십 미터, 수 킬로미터의 크레이터를 남길 정도로 운석이 거대했더라면.

만약 아주 작은 운석으로 쏟아져 내렸다면.

만약 이 땅에 비가 내렸다면.

그렇지만 이 수많은 가정이 모두 어긋난 결과, 이 결정은 여기에서 속수무책으로 말라비틀어져 있었다.

"그렇지만 최근에는 아타카마에도 비가 내려. 엘니뇨 현상 때문에 몇 년에 한 번씩."

"비가 오면 유리질이 된 크레이터에 물이 고일 거고 이것은 전개를 시작하겠지."

"그걸 물을 마시러 온 세뇨르들인 비스카차가 다 마셨을 거고."

"혹여 남아 있다 해도 바로 물이 말라버렸을 거야. 결정은 다시 휴면 상태로 돌아가고."

문첸이 발끝으로 결정을 굴렸다.

"지구상의 그 누구도 알지 못하는 곳에서 퍼스트 콘텍트가 이루어지고 있었잖아."

단지 접촉한 것은 비스카차와 다른 몇 종의 생명체뿐이었다.

500년 동안 비가 내리지 않았던 토막의 한가운데에서 우리는 우두커니 서 있었다.

돌아가는 차 안에서 운전대를 잡은 나는 꽤 들떠 있었던 듯하다. 퍼스트 콘텍트라는 말, 그것을 발견한 것이 우리라는 사실도 우월감을 부추겼다.

"어쩌면 말이야, 이걸로 인류는 영원한 생명을 손에 넣을 수도 있을지 몰라. 이대로 인간에게 적용할 수 있을지는 미지수지만, 가능성은 있겠지."

토막 위의 길은 바퀴 자국과 돌 때문에 운전대를 똑바로 잡기가 어려웠다. 나는 눈앞의 길에 집중하면서도 꽤 경박한 목소리로 말하고 있었을 것이다.

"한번 생각해봐. 앞으로는 병으로 고통받는 사람도, 죽음을 두려워하는 사람도 없어질 거야. 엄청나지 않아?"

"……그렇지 않아."

문첸이 어떤 표정을 짓는지는 확인할 수 없었다. 그렇지만 목소리는 축 가라앉아 있는 것처럼 들렸다.

"그런가. 근데 세뇨르를 좀 봐. 수명이 사라질지도 모르는데? 다쳐도 원래대로 돌아가고 병에도 걸리지 않게 돼."

긴 침묵 끝에 입을 연 문첸의 목소리가 너무 작아 하마터면 바람 소리 때문에 못 들을 뻔했다.

"나는 그게 과연 좋은 일인지 판단이 서지 않아. 그저 변하지 않는 것을 불로장생이라고 말할 수 있을까? 이것은 말하자면 더…… 그래, 영원한 포즈, 정체에 가까울 것 같은데?"

순간 곁눈질로 문첸을 보았다. 그의 눈은 선글라스로 가려져 보이지 않았다.

"이 효과의 영향을 받는 게 인간만이 아니라면? 지구상에 사는 온갖 생물이 항상성을 지니게 된다면?"

구름 한 점 없는 창공이었다. 그렇지만 순간 해가 가려졌다는 느낌을 받았다.

"동물도 풀도 나무도 세균이나 미생물이나 병원균에도 불변하다는 성질이 퍼진다면 병으로 괴로움을 겪는 사람은 영원히 병으로 고통받을 거고, 항상성을 지니게 된 순간에 이미 다쳐 있던 사람은 영원히 상처를 안고 살아가겠지. 그러면 죽음에 대한 두려움이 삶에 대한 절망으로 바뀌지 않을까? 나라면 그걸 '저주'라고 부를 거야."

나는 말을 잃었다. 내 손안에서 발버둥 치고 날뛰며 나온 비스카차의 새끼를 떠올렸다. 만약 그게 나였다면. 아무리 죽어도 계속 살아난다면 그것은…….

"게다가 아이는 더 이상 태어날 수 없게 돼."

"그렇지만 세뇨르의 새끼는?"

"세뇨르의 새끼는 결정이 몸에 들어가기 전에 태어나지 않았을까?"

문첸, 너는 지금 어떤 얼굴을 하고 있지? 어떤 표정으로 얼마나 멀리까지 보고 있는 거야?

"자손을 만든다는 것은 난세포가 분열 증식한다는 의미야. 그것이 정체된다면? 그러니 그것은 불로장생이 아니야, 그냥 불변일 뿐이지."

한낮의 태양이 쨍쨍 내리쬐고 있었다. 이곳 아타카마에서는 도쿄의 10배 이상 되는 자외선이 쏟아진다.

"세상은 지금 이 순간에 멈추게 돼. 그렇게 되더라도……."

문첸이 말을 멈추었다. 운전대 저편으로 하얗게 달구어진 길이 끝없이 이어졌다.

"그렇게 되더라도 너는 이걸 복음이라고 생각해?"

문첸은 대만으로 돌아갔다. 나도 칠레를 떠나 지금은 도쿄 미타카에 있는 국립천문대에 소속되어 있다. 문첸과는 종종 학회에서 마주친다. 그때마다 웃으면서 언제 봐도 젊다니까, 하며 농담을 주고받는다.

있지, 세뇨르.

너는 오늘도 그 바위 위에서 눈을 가늘게 뜨고 햇볕을 쬐고 있니?

죽지 않는 몸으로 그에 관해 어떤 의심도 걱정도 없이 온전히 받아들인 채 그저 살아가고 있니?

그렇지만 언젠가 너도 재생할 수 없는 죽음에 직면할지 몰라.

언젠가 너의 새끼가 이번에야말로 독수리에게 잡혀먹힐 수도 있지.

언젠가 강수 패턴이 변화해 아타카마에 큰비가 내릴 수도 있어. 수백 년 동안, 비가 내리지 않던 땅에 비가 쏟아져 홍수가 되어 지표를 휩쓸고 흘러가겠지.

그때 우리가 받게 되는 것은 복음일까, 저주일까.

여기에서부터 1만 8,000킬로미터.

세뇨르, 너는 오늘도 저녁노을을 바라보고 있을까.

Yours is the Earth

and

everything that's in it

-2067-

문틀에 잘 맞지 않는 유리문을 열고 밖으로 나섰다.

빛바랜 초록색 햇빛 가리개용 차양에서 한 발 나와 하늘을 올려다보니, 이쪽으로 날아오는 드론의 작은 그림자가 보였다. 다리가 여러 개 달린 대형견 크기의 다각식 로봇이 내 뒤를 따라오다가 어중간하게 열린 유리문에 껴서 버둥거리고 있었다. "미안해." 하고 말한 다음, 문을 활짝 열어 지나갈 수 있도록 했다.

폐업한 작은 잡화점이 Y자 길 한가운데에 끼어 있듯이 서 있다. 몇 평 안 되는 잡화점을 물려받았을 때 선반은 무너져 있었고 먼지와 모래가 가득해 도저히 사용할 수 있을 것 같지 않았다. 이전 주인이었던 노인은 폐업해도 괜찮으니 하고 싶은 대로 하라고 했다. 그렇지만 마을 사람들의 도움을 받으며 조금씩 정리했더니 몰라볼 정도로 깔끔해졌다. 지금도 차양은 찢어져 있고, 원래 가게 이름도 읽을 수 없는 상태 그대로며, 벽도 누렇게 변색되었고 낡았다. 그렇지만 벽장을 완전히 철거하고 구석구석 먼지를 닦아내자, 가게 안은 생각보다 밝고 넓었다. 지금은 그곳에 작은 테이블과 의자를 몇 개 놓고 종종 찾아오는 마을 사람들에게 차를 대접한다.

바로 눈앞에 펼쳐진 바다에서 바람이 불어왔다. 이 마을로 막 이사 왔을 무렵, 끊임없이 들려오는 파도 소리와 바닷물 냄새가 신경 쓰여 좀처럼 잠을 이루지 못했다. 아주 멀리, 모르는 곳까지 와버렸다고 생각했다. 그렇지만 이제는 익숙해졌다. 이곳에서의 생활은 조용하고 평온하고 차분하다. 지금은 여기야말로 내가 있을 곳이라고 생각한다. 마을 사람들의 심한 사투리도 이제는 많이 알아들을 수 있게 되었다.

드론이 가까이 다가오고 있었다. 구식 태블릿을 드론이 볼 수 있도록 들었다. 이렇게 하지 않아도 제대로 잘 배달하지만, 그냥 "여기야" 하고 알려주는 마음으로 태블릿을 흔든다.

지자체에 고집을 부려 태블릿을 빌렸다. 골동품이나 다름없는 태블릿은 벌써 네 모서리가 닳고 액정에 깨진 부분도 눈에 띈다. 앞으로 얼마나 더 사용할 수 있을까. 이걸 품에서 떠나보내면 드디어 마음을 정해야 할지도 른다. 그렇지만 지금은 아직 생각하고 싶지 않다.

드론이 슝 내려왔다. 다각식 로봇이 자신에게 맡기라는 듯이 앞으로 나와 컨테이너를 받았다. 드론이 태블릿의 본인 확인 화면을 읽어낸 다음, 지난번 컨테이너를 회수해 다시 파란 하늘로 돌아갔다.

"가자."

다각식 로봇에게 말하며 발걸음을 옮겼다.

육지 쪽으로 움푹 들어간 해안선과 바로 근처까지 내려온 산등선, 그 사이에 있는 아주 좁은 땅에 집들이 들어서 있다. 산 표면에는 묘지가 매달려 있듯이 자리하고, 마을 끝에 자그마한 목조 건물의 교회가 있다. 마을 끝에서 끝까지는 걸어서 15분 정도밖에 걸리지 않는다. 옛날에는 약 200세대 정도가 살았다던데 지금은 열여덟 명만 남았다. 점점 무너지고 있는 방치된 집들 사이사이에 사람이 사는 집이 겨우 자리하고 있었다.

작은 집 앞에서 나카무라 씨가 기다리고 있었다.

"아즈야, 여까지 오느라 고생했데이. 차라도 한 잔 묵고 가라. 어여 들어온나."

생글생글 웃으면서 아이스크림을 건네받더니 집안으로 불러들였다. 다들 무언가를 부탁하면서 이렇게 대화를 나누는 일을 무엇보다 반긴다.

"나카무라 씨, 다음에 필요하신 거 있나요?"

"그게 말이지, 읽고 싶은 책이 하나 있는데 제목이 통 기억이 안 나는기라. 옛날에 읽은 소설인데 에도시대가 배경이고 억수로 멋있는 탐정 양반이 나온다 아이가."

"그것만 가지고는 모르겠는데요."

내가 들고 온 아이스크림을 다시 대접받으며 혹시 몰라 태블릿에 '멋있는 탐정이 나오는 역사 소설'이라고 메모했다. 찾아볼게요, 하고 말한 뒤 다음 집으로 향했다.

"요놈의 고양이가 내 장기 말을 홀라당 없애 부렸다 아이가, 새 걸로 좀 시켜도."

"이 다시마, 확 마 속임수라도 쓴 거 아이가? 저번 거보다 와 이리 얇노."

"억수로 맛난 쿠키 있데이. 초콜릿 드간 거 니 좋아하재? 내 안 까묵고 잘 기억하고 있었다."

"아즈야, 이 반찬 좀 야마기시 씨한테 갖다 줄랑가? 미안타. 머위 나물이 억수로 기가 막히게 무쳐졌다 아이가. 야마기시 씨가 이걸 억수로 좋아하거든. 근데 이것만 퍼묵으면 탈나는디."

다들 활짝 웃으며 손주를 대하듯이 나에게 말을 건다. 나도 손주처럼 살갑게 한 사람 한 사람과 이야기를 나눈다. 택배로 주문하는 물품은 특별한 거 아니다. 정말로 필요하거나 생활하는 데 빼놓을 수 없는 물건은 지자체에서 운영하는 드론이 가져온다. 살아가면서 반드시 꼭 필요하지 않은, 불필요하고 급하지 않은 것들이다. 약간의 과자나 그해 첫 녹차, 옛날에 읽은 책, 향기 좋은 핸드크림, 바다 저편에서 재배된 알맹이가 실한 버찌, 그리고 잡담. 이렇게 소소하지만 있으면 분명히 일상이 풍요로워지는 것들이다. 홀로 우두커니 남겨진 듯한 이 작은 마을에서 옛날식으로 물건을 배달하며 나는 모두를 잇는다. 주문을 받고 발주해 배달한다. 작은 잡화점이 할 수 있는 일은 한정되어 있지만, 나는 이 일을 좋아한다. 그렇기 때문에 하루 종일 일을 해야 하더라도 로봇에게 맡기지 않고 직접 한 집, 한 집 돌아다닌다.

"다노우에 씨, 몸은 좀 어때요?"

"나쁘지도 좋지도 않다. 뭐, 나이 먹으면 별 수 있나."

여기가 아프다, 이런 부분이 힘들다면서 쏟아내는 사정들을 태블릿에 적어놓는다. 마을 사람들 모두 부착한 웨어러블 디바이스는 의료 모니터 기능을 한다. 무언가 미심쩍은 변화가 발생하면 연계된 병원에 바로 연락이 들어가 구급 드론이 날아온다. 그렇지만 이렇게 직접 얼굴 보며 몸 상태를 전해 듣는 일도 중요하다. 뭐가 힘든지 누군가에게 말하기만 해도 마음이 편해질 때가 있기 마련이니까.

마을을 한 바퀴 돌았더니 해가 꽤 기울어져 있었다. 지금은 사용하지 않는 항구의 불룩 튀어나온 곳에 수많은 드론과 로봇이 무리를 이루어 모여 있었다.

XR 관광객들이었다.

자기가 직접 이 장소에 있지 않아도 드론에 시각과 청각, 때에 따라서는 잔류 감각까지 실어서 실감 나는 체험을 할 수 있다. 화폐 경제에서 서서히 체험 경제로 이행

하는 요즘, 가장 인기 있는 여행 방법이다. 세계의 가치 기준은 이제 달러나 엔이 아니라 경험치, 즉 EX다. EX를 벌어들이는 방법은 다양하지만, 이 마을에서는 XR 관광객을 받아들이며 소소하게 EX를 획득하고 있었다.

간장에 절인 달걀의 노른자처럼, 선향 불꽃놀이를 할 때 떨어지는 순간의 불꽃처럼 저녁노을이 엄청나게 아름다웠다. 오늘은 구름이 많았다. 이중 삼중으로 겹친 구름이 저녁노을에 물들어 연보랏빛과 복숭앗빛으로 반짝였다.

"다노우에 씨의 수치, 상당히 안 좋아졌네. 이제 슬슬 보내드려야 할지도 모르겠어."

언젠가부터 옆에 있는 다각식 로봇에게 버릇처럼 말을 걸었다. 어디까지나 작은 목소리로 중얼거리는 혼잣말이지만.

능단과 같은 하늘을 날아다니는 수많은 드론. 그것은 마치 어지럽게 날아다니는 갈매기 떼와 같았다. 과거에 이 항구가 아직 활기로 넘쳤던 무렵에는 쏟아지는 생선을 받아먹으려고 갈매기들이 모여들었다고 한다. 그 시절을 나는 알지 못한다. 분명 물고기를 배로 끌어올리는

작업을 하며 사람들이 지르는 소리와 갈매기들의 울음
소리로 엄청나게 시끌벅적했을 것이다.

XR 공간 안에서는 활발하게 이야기가 오가고 있을지
모른다.

그렇지만 현실의 마을은 그저 고요했다.

-2040-

역 승강장에는 아무도 없었다.

AI 파트너 AIddy, 아이디를 몸에 삽입한 동료들은 전
철이 지연된다는 사실을 진즉에 알고 다른 길을 택했을
것이다. 하오란은 벤치에 털썩 주저앉아 오래된 단말기
를 꺼내 집에서 기다리는 아내에게 메시지를 보냈다.

청두 교외, 청화구.

구획 정리가 이루어지며 신흥 주택가로 인기를 누렸
던 것도 옛날 일이다. 지금은 저소득층이 사는 낡은 주
택이 즐비하다. 하오란의 월급으로는 직장에서 1시간 반
걸리는 방 두 개짜리 작은 아파트도 겨우 임대할 수 있었

다. 전철 지연은 아직 해결되지 않았나 보다. 이 상태라면 집에는 밤 11시 넘어서야 돌아갈 수 있을 듯하다.

동료들보다 일을 처리하는 시간이 오래 걸리는 하오란은 업무 시간 전에 출근해 일을 시작하곤 했다. 아무래도 오늘은 긴 하루가 되려나 보다. 내일 아침에는 얼마나 일어나기 싫을까.

아이디만 쓸 수 있다면.

오늘처럼 어떤 문제에 휘말렸을 때나 유난히 지친 날, 일의 효율이 오르지 않아 상사가 싫은 소리를 했을 때 이런 생각이 든다.

아이디만 쓸 수 있다면, 일상에서 벌어지는 사소한 불편은 모두 해결할 수 있다. 반드시 해야 할 일만 끝내고 나머지 잡무는 AI에게 맡기면 여가 시간도 생긴다. 건강, 경제 상황, 인간관계 등 모든 일에 AI의 지원을 받으면 훨씬 더 편하고 나은 생활을 할 수 있다.

그렇다 하더라도 AI를 받아들일 수 없었다.

잔뜩 지친 상태로 집에 돌아오니 딸 두친은 이미 잠들어 있었다. 아내가 데워준 양배추볶음과 생선찜을 깨작깨작 먹었다. 어두운 표정의 아내가 깊은 한숨을 쉬더니 앞에 앉았다.

"두친의 학교 선생님이 아이디가 없으면 제대로 된 학습 지도가 어렵다고 했대. 이미 우리 애, 다른 아이들보다 많이 늦어. 이대로 가면 취직이나 결혼도 어려울 거야."

결국 이런 이야기가 나오리라고 짐작하고 있었다.

"게다가 나도……. 법률이 바뀌어서 아이디가 없으면 보험에 못 든대. 아이디를 넣지 않은 사람은 더 이상 고용할 수 없으니 이번 달까지만 하고 시간제 타공 일도 그만두었으면 좋겠다네."

양배추볶음은 미지근했고 물기가 흥건했다. 요리를 데우는 일도 아이디에게 맡기면 방금 한 요리처럼 완벽한 온도와 식감으로 조절해줄 것이다. 이런 일 하나도 인간은 제대로 못 하지? 이렇게 비웃는 듯한 기분이 들었다. 식욕이 사라져 젓가락을 내려놓았다.

하오란도 아이디를 넣은 동료보다 훨씬 실수가 잦아 직장에서 설 자리가 점점 좁아지고 있었다. 어떻게 해서든 노력하고 애써서 부족한 부분을 메꾸려고 해도 도저히 따라갈 수 없었다. 후배의 무시하는 듯한 눈빛, 상사의 진절머리 난다는 듯한 표정. 식당에서도 아이디로 돈을 낼 수 없다고 하면 희귀한 벌레라도 보는 듯한 눈초리로 쳐다보았다.

아이디만 사용할 수 있다면.

자기 안에서 끓어오르는 생각을 지워버리듯이 갈수록 하오란의 목소리가 커졌다.

"잘 들어. 인간을 인간답게 하는 것은 자유의사야. 자유의사를 놓아버리면 우리는 동물이나 다름없다고. 점심 메뉴도, 오늘 입을 옷도, 미래의 선택까지 AI에게 맡기면 결국 인간은 쓸모없는 존재가 돼. AI의 노예가 된다고. 우리는 높은 긍지와 자유의사를 지닌 인간으로 존재해야 돼. 인간으로서 어느 쪽이 옳은지 언젠가 깨닫는 날이 올 거야. 푸념하지 마. 어느 정도 불편은 감수해야지."

아내에게 하는 말이었지만, 자기를 타이르는 듯한 말투가 되었다. 그렇다, 나는 틀리지 않았다, 내가 옳다, 언젠가 그들도 깨닫게 될 것이다. 고양감에 목소리가 더 커졌다. 아내는 그늘진 얼굴로 두친이 깬다면서 하오란을 진정시키고 접시 위에서 식어버린 반찬을 정리했다.

그로부터 얼마 지나지 않아 아내는 두친을 데리고 집

을 나갔다. 하오란은 전보다 더 고집불통이 되어 고립되었다. 그런데도 자신은 옳은 일을 하고 있다는 집념과도 비슷한 마음만이 하오란을 버티게 했다.

-2038-

나는 아이디. 당신과 더불어 존재한다.

함께 살고, 성장하고, 이끌고, 이끌려 가고, 가르치고, 배우고, 전 생애에 걸쳐 당신을 돕는다.

AI+buddy라고 해서 AIddy.

나는 당신이 태어나고 얼마 안 있어 당신의 뇌에 이식되었다. 브레인 컴퓨터 인터페이스, 즉 BCI라고 한다. 뇌에 안 좋은 영향이나 장애를 일으키는 일도 없으니 안심하기를. 우리가 보급되기 시작한 초기에는 침습성의 BCI를 꺼리는 사람들도 있었다. 그렇지만 안전성과 편리성, 그리고 사회의 변화와 함께 우리는 받아들여졌다.

나는 당신을 그 누구보다, 그 무엇보다 이해한다. 아직 말도 하지 못하는 유아기 때부터 당신의 뇌에 있는 시냅스의 발화(發火) 패턴을 익히고 이후 질병의 증상이 보이면 대처하고 다치지 않도록 주의를 기울이면서 건강하고 안전하게 성장할 수 있도록 보호한다. 고민을 듣고, 분노를 수용하고, 기쁨을 나누고, 슬픔을 누그러뜨린다.

당신에게는 당신만의 가치가 있다. 그 누구보다도 나는 그것을 이해한다. 가치는 종종 금전으로 환산할 수 없다. 유형의 것이 아니며, 무언가로 교환할 수도 없다. 당신은 그저 당신으로 존재한다. 이 사실이야말로 당신이 지닌 가치다. 당신 자신이 알지 못하는 당신의 가치를 나는 알 수 있다.

한 남성의 인생을 예로 들어 보자.

그의 이름은 벤 슈미트다. 현재 서른넷, 오스트레일리아 태즈메이니아섬에서 산다. 그의 부모님은 광대한 버찌 농원을 경영한다. 그도 그 뒤를 이을 생각이었다. 그렇지만 벤의 아이디는 그의 숨겨진 수학적 재능을 발견했다. 소극적인 성격으로 늘 공상에 빠져 살던 소년은 아이디에게 지도를 받아 수의 아름다움과 신비를 깨달았고, 마찬가지로 수학을 사랑하는 친구들을 얻었다. 지금 그는 XR 안에서 전 세계 친구들과 수학의 세계를 탐구

하는 동시에 태즈메이니아섬에서 부모님과 두 마리의 커다란 개와 함께 버찌 농원을 관리한다. 개 두 마리 중 하나는 아이디의 분신이 들어 있는 본체다.

그렇다, 당신도 내가 들어가는 본체를 자유롭게 고를 수 있다. 물리적인 존재, 만질 수 있는 존재는 인간을 안심시킨다. 본체로는 동물이나 공상 속 생명체, 액세서리나 몸에 지니는 물건 등 다양한 선택을 할 수 있다. 다만 인간으로 오해받을 수 있는 형태는 금지되어 있다. 지금보다 조금 더 언어 영역이 성장하면 나의 말투나 목소리도 당신이 훨씬 편안하게 받아들일 수 있는 형태가 될 것이다.

이야기를 되돌려보자.

농원은 물려받지 않아도 상관없었다. 대부분 AI가 관리했으니까. 그렇지만 벤은 가지가 휠 정도로 열리는 버찌를 바라보는 일을 좋아했고, 자신들이 키우는 버찌의 맛에도 자신이 있었다. 세상 어딘가에 자기 농원의 버찌를 먹고 맛있다면서 웃는 사람이 있다고 생각하면 상상만으로도 행복했다.

벤은 버찌를 키우고 남는 시간에 수의 세계에 몰두해

지낸다. 그는 이러한 생활이 완벽할 만큼 흡족했다. 결혼은 하지 않을지 모른다. 지금의 생활에 타인이 끼어드는 상황을 벤은 원하지 않는다. 그렇지만 언젠가 양자는 들여도 괜찮겠다고 생각한다.

아이디가 없는 이전의 세상이었다면 벤은 수학과 만날 수 없었다. 오스트레일리아의 대학 진학률은 세계에서도 손꼽힐 정도로 높지만, 분명 그는 대학에는 들어가지 않고 그대로 농원을 물려받았을 것이다. 그럼 세상은 벤과 같은 수학 천재를 발굴하지 못해 중요한 명제 몇 가지를 여전히 해결하지 못했을 게 분명하다.

우리는 당신들을 행복하게 할 수 있어 행복하다.

우리의 탄생으로 사회는 커다란 변화를 이루었다.

먼저 가치의 개념이 달라졌다. 진정으로 원하고 필요한 것을 손에 넣을 수 있게 되었고, 희소성이나 수요가 급격하게 요동쳐 발생하는 변동이 사라졌다. 물건의 가격이 재검토되어 결국에는 화폐 경제 그 자체가 서서히 쇠퇴해갔다.

이를 대신해 그 사람만이 지닌 특이한 경험이나 체험, 특수 기능과 아이디어와 같은 경험이 중시되기 시작했다. 그러면서 달러나 엔 대신에 EX라는 새로운 단위가 태어났다.

새로운 가치 기준이 생겨나면서 사람의 역할도 달라졌다. 생산이나 물류에도 변화가 일었다. 근대 사회는 집권적인 대량 생산을 통해 되도록 낭비를 없애고 비용을 절감하려고 했다. 그 결과 역설적으로 과잉을 불러일으켰다.

지금은 다르다. 필요한 물건을 필요한 만큼만 생산한다. 수요와 공급의 개념이 달라졌고, 드론이 운송을 맡으면서 노동력 문제가 해소되었으며, 지열이나 해양 온도차 발전을 효율적으로 이용해 에너지 문제도 거의 해결되었다. 이를 통해 당신들은 시간이라는 엄청난 선물을 드디어 손에 넣게 되었다.

반대하는 사람들도 물론 있다. 어떤 이들은 아이디가 자연에 반하고 비인간적이라며 몹시 혐오해 이식을 거부하거나 혹은 적출해 폐쇄된 커뮤니티 안에서 살아간다. 때로는 아이디를 노리는 테러 행위를 벌이며 잘못된 길로 들어서기도 한다. 물론 아이디만을 파괴할 수는 없으니 그러한 일에 휘말려 수없이 많은 사람이 죽는다. 아주 드물게 어른이 된 뒤 아이디를 제거하는 사람, 뇌 구조상 아이디를 받아들일 수 없는 사람도 있다. 모든 인류가 아이디와 함께하지는 않는다. 그렇지만 우리를 받아들인 당신들의 인생은 분명 풍요롭고 아름답다.

많은 이야기를 했는데 이제 슬슬 당신은 영양 보충을 해야 한다. 지금 옆방에 있는 엄마를 불렀다. 알고 있다. 당신은 살짝 미지근한 것을 좋아한다. 분유 온도는 34도로 맞추었다.

영양 보충이 끝나면 수면을 취하도록 하자. 당신은 잠을 많이 자야 한다. 잠에서 깨면 또 이야기를 나누자. 이 세상에서 살아가는 다양한 사람에 관한 이야기를 들려주도록 하겠다.

안심해도 된다. 나는 어디에도 가지 않는다. 당신을 배신하거나 떠나거나 당신 뜻을 거스르는 일은 절대로 하지 않는다.

나는 아이디.

당신과 늘 함께한다.

다노우에 씨의 장례식날.

날씨가 좋았다.

옛날식으로 치르는 장례식은 흔하지 않다. 게다가 살가운 성격의 다노우에 씨를 사람들이 잘 따랐기 때문에 장례식에 XR 조문객이 많이 모였다. 한꺼번에 접속이 몰리면 데이터의 할당 대역이 부족해지지 않을까 걱정했는데 그럭저럭 괜찮을 듯하다.

가쿠타 씨가 긴 소매의 예복을 입고 와서 깜짝 놀랐다. 저런 옷을 어디에다 넣어두었던 거지. 다노우에 씨는 화려하고 왁자지껄한 것을 좋아해 옛날 가요 쇼를 질리지도 않는지 매일 보았다. 그래서 다노우에 씨의 장례식에는 이 정도는 하고 와야 한다면서 큰소리치는 가쿠타 씨가 꽤 멋있어보였다.

작은 집회소 위를 드론이 많이 날아다녔다. 관광 유람이구나, 하고 중얼거리며 쓸쓸한 웃음을 지었다. 조금 지나면 다노우에 씨의 관을 가지러 드론이 날아온다. 그럼 역시 다들 돌아갈 것이다. 다노우에 씨의 집은 말끔하게 정리해 빈집으로 둘 예정이다. 가지고 있던 물건은 생전에 다노우에 씨가 처분할 곳을 다 정해두었다. 이번 장례식에 모인 EX로 조금은 인프라 정비를 할 수 있을지도 모르겠다.

죽음도 경험이다. 경험은 팔린다. 그리고 또 새로운 경험을 살 수 있다.

그렇지만 한계도 보인다. 빗의 이빨이 빠지듯이 한 사람씩 이 마을에서 사라지면 결국에는 빗도 사용할 수 없게 된다.

그때가 온다면 어떻게 해야 할까? 또 다른 장소로 옮겨 다른 방식으로 살아가야 할까? 그렇지만 아이디 없이 살 수 있는 장소는 이제 여기 말고 없을지도 모른다.

"아즈야, 여 누가 니 찾아왔데이."

이사카 씨가 주뼛주뼛 데리고 온 것은 놀랍게도 진짜 살아 있는 손님이었다. 열 살 전후로 보이는 자그마한 여자아이였다. 원피스처럼 큰 점퍼 밖으로 얇은 팔과 다리가 드러나 있었다. 그리고 어른 세 사람이 있었다. 양복을 보는 건 아주 오랜만이었다.

어른들은 정중하게 위로의 말을 건네면서 장례식에

찾아와 미안하다고 한 뒤 조금 시간을 내달라고 운을 뗐
다. 그러자 여자아이의 인내심이 바닥이 났는지 어른들
을 제치고 앞으로 나왔다. 그리고 나를 보더니 싱긋 웃으
면서 말했다.

"이 마을을 사고 싶어."

후치카미 씨의 입이 너무 크게 벌어져 틀니가 빠질 뻔
했다. 안간힘을 쓰며 이를 끼워 넣는 옆에서 예복을 입은
가쿠타 씨가 씩씩거렸다.

"와? 방금 뭐라 캤나?"

어른들이 당황해서 설명하기 시작했다.

비전 원 엔터테인먼트라는 이름은 나도 들어본 적이
있었다. 색다른 경험을 강점으로 내세우며 온라인 어뮤
즈먼트 공간을 운영하는 대기업이었다. XR 공간에 만들
어놓은 아주 고도하고 정밀한 세상에서는 아이디가 인
터페이스를 맡아 오감으로 체험할 수 있다.

여자아이는 XR 디자이너라고 했다.

이야기는 이랬다. 이 마을을 통째로 XR 공간 안에 재
구축해 테마파크로 공개하고 싶다. 비전 원은 생생한 경
험을 내세우니 가능하면 마을에 사는 사람들도 NPC 아

바타로 재현하고자 한다. 물론 실제 마을은 그대로 남아 있으며 엄청난 금액의 계약료를 지불하겠다.

가쿠타 씨가 틀니를 어떻게든지 끼워 넣으려고 애쓰는 후치카미 씨의 목덜미를 잡고 집회소 안쪽으로 끌고 갔다. 그리고 뒤를 돌더니 "전원 집합!' 하고 소리를 질렀다. 어르신들 치고는 아주 놀라운 속도로 모두 한쪽 구석에 모였다.

"우예 할끼고?"

"어쩌고 자시고 별 수 없제."

"그라믄 걍 하자는 말이가?"

"으째 좀 구리다 아이가."

"돈은 두둑하이 들어온다카이."

그러더니 이유는 모르겠지만 이야기가 점점 이상한 방향으로 흘러가더니 모두 자기가 원하는 것을 열을 올리며 늘어놓았다. 옛날부터 억수로 큰 오토바이를 타고 싶었다 아이가, 물새는 거 고쳐야쓰겠다 안카나, 이참에 텔레비전이랑 냉장고랑 에어컨 새삥으로 장만해야지, 공주처럼 폭신폭신한 이불이나 사불까……

그렇지만 분명 그만큼의 EX가 있다면 새로운 의료 설

비를 도입할 수 있을지 모른다. 마을 사람들 집을 모두 고치고 여기저기 정비하면 이 마을도 조금 오래 유지될 수 있다.

가쿠타 씨가 심각한 표정으로 뒤로 돌더니 여자아이를 지긋하게 바라보며 말했다.

"그거 가지고는 금방 답 못 허지. 더 자세하게 말해본나. 어른 만만하게 봤다간 큰 코다친데이. 니한테 물어볼게 있다."

가쿠타 씨의 거센 기세에 여자아이가 반걸음 뒤로 물러났다.

"그 내 아바타 있제, 주름 쫙쫙 밀어불고 머리는 요로코롬 말이다, 억수로 거 마이 해줄 수 있나?"

인정사정없이 날아오는 사투리 공격에 여자아이가 굳어버렸다.

"……뭐라 씨부리노?"

"그라니까! 요 머리말이다, 머리!"

서둘러서 어르신들과 여자아이 사이에 끼어들었다.

"가쿠타 씨의 아바타는 되도록 주름을 없애고 머리도 풍성하게 해 줄 수 있냐는대요. 이 말 맞죠?"

가쿠타 씨에게 눈으로 묻자, 진지하게 끄덕였다. 여자 아이가 활짝 웃었다.

"오케이! 할 수 있어요. 그렇지만 할거니, 지금도 엄청 귀여워요."

가쿠타 씨도 한 성격 하는데 이 여자아이도 만만치 않았다.

마치 둑이라도 터진 것처럼 나도, 나도 하고 모두 아바타에 대한 요구사항을 전하는데 손짓발짓으로 겨우 의사소통이 되는 듯했다. 마음을 놓은 나에게 양복 차림의 세 사람이 조심스럽게 말을 걸며 다가왔다. 어른들은 법무와 고문 변호사였다. 계약도 모두 아이디가 확인하니 일방적으로 불리하거나 착취당하는 계약을 하게 되는 일은 이제 없다. 서둘러서 연락처를 주고받고 계약에 필요한 것들을 적었다. 그러고 나서 다 함께 다노우에 씨를 데리러온 드론을 지켜보고 장례식이 끝나면 밥을 먹으며 추억에 잠길 참이었다. 그런데 어떻게 된 일인지 다들 흥이 올라서 당신들도 함께 밥을 먹으러 가자며 비전 원 사람들을 억지로 끌고 갔다.

여자아이는 재미있다는 듯이 바로 EX 카메라를 켜고

테이블에 놓인 하마 씨의 특기인 머위 조림이나 간 생선 튀김, 그리고 왜 함께 놓였는지는 몰라도 초콜릿 쿠키 등을 촬영했다.

"왜 이 마을을 골랐어?"

연회가 어느 정도 마무리될 무렵 미린보시*를 와그작 와그작 먹는 여자아이에게 물었다. 여자아이는 입 한쪽에 깨를 묻힌 채로 잠시 생각하더니 말했다.

"이 마을은 지금 이대로 좋다고 생각했으니까."

여자아이는 미린보시의 꼬리를 씹으며 흥이 올라 즐거워하는 노인들을 둘러보았다.

"여기 말고도 없어질 듯한 다른 동네나 마을도 살펴보았는데 뭔가 여기가 가장 좋아보였어."

커다란 눈이 나를 올려다보았다.

"당신이 산책하는 모습도 봤어. 아이디가 없어서 말은 못 걸었지만."

"넣기는 했어. 무슨 일이 있을 때를 대비해서. 그렇지

• 전갱이 등 작은 생선을 간장과 설탕과 섞은 미림에 담갔다가 말린 건어물.

만 간섭 레벨을 최소한으로 해두었어. 그러니까 연락은 옛날처럼 문자로 해야 했을 거야. 미안해."

"아이디 싫어해? 여기 마을 사람들은 모두 다 안 넣었더라고."

아이디는 최근 30년 정도 사이에 보편화되었다. 그렇지만 마을 주민들은 그 흐름에 따라가지 못했다. 지금은 작은 해변 마을 같은 이곳에서 최소한의 로봇과 함께 조용히 생활한다.

"싫어하지는 않아. 단지 익숙하지 않을 뿐이지. 다른 사람들도 좀처럼 적응하지 못해서 의료 모니터만 달고 있어."

"왜? 어르신들이야 그렇다 쳐도, 당신은 태어났을 때부터 아이디가 존재했잖아?"

질문이 거침없이 날아들었다. 이런 질문, 오랜만에 받네. 씁쓸한 웃음을 지으며 생각했다. 이 마을에 있는 한, 다들 배려해서 그런 부분은 모른 척했다.

"아이디가 보급되기 시작하던 때는 내가 서너 살 무렵이었어. 하지만 우리 집은 부모님의 방침으로 넣지 않았지. 그러다 중학생 때 겨우 삽입했는데 그게 나는…… 잘 맞지 않았어."

맞지 않았다. 아이디도 나도 서로 맞추어갈 수 없었다. 어렴풋이 세상에 눈뜨던 무렵에 아이디를 넣었다면 성장에 따라 그 사람만의 아이디로 맞추어져 간다. 그렇지만 나는 그러기에 너무 늦게 넣었던 것이었다.

어깨너머로 누군가가 끊임없이 들여다보는 듯해 어색하고 불편했다. 대답하기도 전에 먼저 아이디가 알아챘다. 옆에 딱 붙어 말을 안 해도 이해했다. 하지만 갑자기 생긴 너무 가까운 친구에게 도무지 마음을 열 수 없었다. 갈수록 간섭 레벨을 내리다 결국에는 최소한의 모니터만 남겼다.

그렇지만 아이디가 없는 사람이 설 자리는 없었다. 기본소득으로 생활은 할 수 있었지만, 의미 있는 일도, 친구도, 연인도 만들 수 없었다. 엄마가 돌아가신 뒤 세상의 변두리를 떠돌며 아이디가 없어도 할 수 있는 일을 찾아 전전하다 마지막으로 다다른 일이 소멸 위기에 처한 이 마을을 돌보는 것이었다. 작은 마을은 지내기에 편했다. 영원한 황혼의 마을. 언젠가는 사라질 일만 남은, 마지막 순간. 그래도 이곳에는 아직 내가 있을 곳이 있었고, 일이 있었고, 아즈를 원하는 사람들이 있었다.

"두친 씨는"

여자아이는 아즈의 이름을 아주 완벽한 발음으로 말했다.

"아즈라고 불러, 이곳에서는 다 그렇게 부르니까."

"그럼 나도 앨리스라고 불러."

"근데 대단하다. 내 이름을 말하는 발음이 완벽해."

벌써 몇 년이나 이름을 불린 적 없다 보니 그 울림이 낯설어 부끄러웠다.

"웬만한 말은 아이디가 있으니까 할 수 있어. 그렇지만 아까 할머니들 말은 알아듣기 어려워서 좀 당황스럽더라고."

아까 말을 주고받던 모습이 떠올라 웃었다. 그 대단한 아이디도 이곳 사투리에는 당할 수 없구나.

"아즈는 여기에서 행복해?"

"응, 행복한 것 같아. 여기 사람들과 이어져 있으니까. 아이디는 말이야, 그것을 삽입한 사람과 아이디의 관계는 엄청나게 가까워져도 다른 사람과는 거리가 생긴다는 느낌이 들어. 보이지 않는 고치 안에 있는 것처럼."

그 고치는 아즈와 세상을 가르는 고치이기도 했다.

늘 무언가에 화가 나 있어 집 안에서 큰 소리를 내던 아빠. 아빠를 거스르지 못했지만, 그렇다고 믿을 수도 없었던 엄마. 결국 엄마는 아즈를 데리고 아빠에게서 도망쳤다.

생활이 어느 정도 안정되었을 무렵, 엄마와 나는 아이디를 넣었다. 그렇게 모두 아무 문제 없을 거라고 생각했다. 그렇지만 엄마도 아즈도 아이디에 적응할 수 없었다. 태어났을 때부터 아이디를 몸에 부착한 사람들에 비하면 아무래도 학습도가 뒤떨어졌다. 아즈와 엄마는 아이디에 적응하지 못했고, 아이디도 아즈와 엄마의 데이터를 따라가지 못했다. 아빠의 곁을 떠나서도 결국 엄마는 정규직으로 일할 수 없었다. 투명한 고치 안에는 들어갈 수 없었다.

일찍 세상을 떠난 엄마가 딱 한 번 아빠가 어떻게 사는지 입에 담은 적이 있었다. 갈수록 고립되어 자신의 잘못을 인정하지 못하고 급진적으로 되어간 아빠는 반 아이디 테러리스트 집단에 들어갔다고 했다. 그리고 결국 어떻게 되었는지는 알 수 없었다.

아이디가 있다면 행복해질 수 있을까?

아이디가 없으면 불행할까?

아즈는 알 수 없었다. 그렇지만 이곳에서 아즈는 사람들과 이어져 있다. 투명한 고치를 넘어 안과 밖을 잇는다. 아이디가 있든 없든 사회와 사람은, 사람과 사람은 분명히 연결될 수 있을 것이다. 원하기 전에 먼저 제시되는 답이 아닌, 소통하면서 서툴게 발견해가는 선택지에도 가치가 있다고 아즈는 믿는다.

"보이지 않는 고치라."

무언가를 골똘히 생각할 때 나오는 버릇인지 앨리스는 점퍼의 모자를 뒤집어썼다. 작은 머리를 부드럽게 감싸듯이 모자가 형태를 바꾸는 모습을 보고 그것이 아이디의 본체라고 알아챘다.

"그렇기도 하네. 아이디가 있으면 그걸로 만족할지도 몰라. 친구도 부모도 아이디보다 가깝지 않다고 할까. 음, 자, 그럼 이렇게 해야겠다!"

점점 더 깊게 머리를 아래쪽으로 수그리던 앨리스가 갑자기 고개를 번쩍 들며 반짝이는 눈으로 아즈를 바라보았다.

"XR에 있는 이 마을에서는 아이디를 금지할래. 이 마을에 들어가면 아이디가 없던 시절의 사람으로 지내게 하는 거야. 어때? 재미있겠지?"

기세등등하게 모자를 벗더니 앨리스가 활짝 웃었다.

"고마워, 앨리스."

"그러려면 여기 있는 사람들을 더 잘 알아야겠어. 아이디가 없으면 엄청 외롭지 않을까, 외톨이가 되지 않을까 걱정했는데 다들 즐거워 보여."

"맞아, 다들 엄청 사이가 좋거든."

조금 전까지 이 자리가 불편하다는 듯이 긴장해 있던 비전 원 사람들도 어느새 마을 사람들과 뒤섞여 편한 자세로 소리 내어 웃고 있었다. 가쿠타 씨도, 야마기시 씨도, 나마쿠라 씨도, 이사카 씨도, 후치카미 씨도, 하마 씨도 모두 다 함께 정말로 즐거워 보였다.

문득 어떤 생각이 떠올라 앨리스에게 물었다.

"있지, 반대로 나도 아이디가 있는 세계를 체험할 수 있을까?"

앨리스가 살짝 고개를 갸우뚱했다.

"할 수 있지 않을까. 아즈도 아이디 삽입했잖아. 그러니까 XR 자체는 경험할 수 있을 거야."

앨리스는 말린 가오리 지느러미를 질겅질겅 씹으면서
즐겁다는 듯 활짝 웃었다.

"아, 맞다. 그거 쓸 수 있을지도 모르겠네. 나, 얼마 전
에 자신에게서 분리되는 듯한 느낌이 드는 이인화증 모
드를 만들었어. 일부러 몰입감을 줄이는 거야. 이게 옛
시절의 느낌을 맛볼 수 있다 보니 엄청 재미있다고 화제
가 되었거든. 그걸 사용하면 아이디와의 거리감을 적절
하게 조절할 수 있을 거야. 그렇게 해서 조금씩 익숙해지
면 돼."

술에 취한 야마기시 씨가 비틀비틀 춤추기 시작했다.
앨리스가 웃으며 촬영을 시작했다.

바닷가의 작은 마을.

200세대 정도가 모여 생활한다. 길을 걷다 보면 모르
는 사람이 없을 정도다. 별거 아닌 잡담을 하거나 음식을
나누느라고 가던 길을 멈추게 될지 모른다. 햇빛이 비치
는 곳에서 둥글게 몸을 만 고양이, 꼬리를 흔들며 아이들
이 놀아주기를 기다리는 강아지.

항구에 배가 도착하자마자 얼굴이 검게 그을린 사람들이 일제히 소리를 지르고 반짝반짝 빛나는 물고기로 가득 찬 그물이 올라온다. 거기에서 떨어지는 것을 받아먹으려고 모여든 갈매기들 때문에 소란스럽다.

오늘은 축제다. 모두가 자신이 잘하는 요리와 술을 한가득 들고 다 같이 모여 춤을 추고 노래를 부르며 신나게 즐긴다.

불꽃놀이도 쏘아 올린다.

여름날, 온 바다를 밝게 비추는 불꽃. 항구에서 그 모습을 바라보면서 환성을 지르는 사람들. 이제는 없는 그 사람도, 마음을 전하지 못해 헤어진 그 사람도 어쩌면 그곳에 있을지 모른다. 그 자리에 함께 있는 모두가 밤하늘을 올려다본다. 다 같이 불꽃놀이 소리에 몸을 떨고, 숨을 죽이고, 빛으로 환해진 얼굴로 함께 웃는다.

말은 오가지 않고 아이디와 하듯이 깊은 공감도 없을지 모른다. 그렇지만 분명 모두가 이어져 있다.

아이디가 없는 세상이지만, 이곳을 만든 것은 아이디다. 거부하기만 하는 것도 아니고 그렇다고 모든 것을 받아들이는 것도 아니다. 사람과 기술은 투명한 고치를 사이에 두고 조심조심 손끝을 맞댄다. 언젠가 정말로 하나가 되는 날이 올지 모른다.

또 커다란 불꽃이 올라간다. 불꽃이 터져 폭포처럼 흘러내린다. 그 빛으로 얼굴이 환해진 다노우에 씨가, 엄마가 그리고 아빠가 웃는다. 더 이상 만날 수 없는 사람도, 앞으로 만날 사람도 모두 빛을 올려다본다.

아주 행복한 풍경처럼 보였다.

우주의 중심에서
I를 외치다

"좋아! 해보자!"

기합을 넣은 다음 핑크색 형광 마커를 손에 쥐고 따끈따끈한 새 대본을 펼쳤다.

신인 '성용(声倆)' 모에타마, 본명 가미이데 모에, 이번에야말로 어떻게 해서든 대사 꼭 맡고 말겠어!

이제는 아무도 기억하지 않겠지만, 나는 한때 좀 유명했다.

필사적으로 다이어트에 매진하다가 결국 리얼리티 방송에 나가 트레이너와 치고받고 싸우는 모습이 생방송으로 전국에 나갔고, 미국으로 건너가 저세상 같은 곳에서 지방의 개념과 만나 다이어트 특이점이 되어 전 세계 사람들을 슈퍼 항상성 상태로 만들었으며, 우주까지 가서 국제우주선형충돌기로 극소형 블랙홀을 뱃속에 생성해 그 특이점을 없애게 되었다.

아, 결과를 먼저 말하자면, 실패하고 말았지 뭐, 후후후. 아니, 웃을 일이 아니지.

실패한 결과, 나는 확산되어 아주 얇아졌다. 그렇게 온 우주 안에 내가 퍼졌다. 지금은 사상(事象)의 지평선 저편에 떨어져 세 번 반 회전해 우주 뒤안길에 겨우 매달린 듯한 상태다.

BMI는 확실히 0에 가까우니 다이어트에 성공했다라고 하면 그렇다고도 할 수 있다. 근데 이거 우주 배후 유령이나 다름없으니 존재하지만 존재하지 않는 거나 마찬가지 아닌가?

그런 기묘한 상태가 된 결과, 온 우주의 살며 사고하는 모든 존재와 연결되고 말았다. 설마 지방의 개념은 물론 온 우주의 사고를 지닌 이들과 알고 지내게 되다니.

이야기를 들어보니 다들 많든 적든, 뾰족하든 둥글둥글하든, 텅 비었든 꽉 찼든 고민이 있었다. 다이어트는 우주 전체의 고민이었던 것이다.

즉 이 말은 우주가 한쪽으로 치우쳐 있다는 뜻이다. 왜 냐하면 많아서 고민인 존재, 적어서 고민인 존재, 둘 다 있으니까. 어? 그럼 혹시 지금 상태의 나라면 어떻게 방법을 찾을 수 있지 않을까? 우주의 뒤안길에서 진한 부분이나 연한 부분을 적당히 올리고 깎아 채우면, 어때? 다 적당히 알맞게 되었네!!

이렇게 여기저기 한쪽으로 치우친 것을 고치는 일은 마치 우주를 다시 한번 만드는 일이나 마찬가지였다. 『고지키』에 나온 '다 빚어지지 못한 곳' '다 빚어지고 남은 곳'이라고 할 수 있다.

물론 영구적으로 지속되지는 않았다. 다들 거기에서부터 변해갔다. 너무 많이 먹으면 살이 쪘고, 규소섭취량이 많으면 뾰족해졌으며, ♧ρ☆을 ◇+˚하면 ⊕✗■Z가 되기도 했고. 그렇지만 모두 자기가 가장 좋아하는 자신이 무엇인지 그 순간 깨달았다. 돌고 돌아 제자리로 돌아와 어떤 형태로든, 어떤 방식으로 존재하든 그냥 다 나라면서 자신감을 갖게 되었다고 할까.

그런데 이 시점에서 가장 자기 존재 방식에 문제가 있는 건 바로 나였다. 이 상태로는 애프터눈 티 모임에 참가하러 호텔에 갈 수 없으니까.

"죄송해요. 2시에 예약한 우주 배후 유령이라고 하는 우주의 신인데요."

이렇게 말할 수는 없지 않은가!

아아아아아, 스콘 먹고 싶었는데. 금방 구운 스콘을 반으로 딱 갈라 잼과 클로티드크림을 산처럼 쌓아 한입 가득 베어 문 다음, 입안이 팍팍할 때 밀크티를 벌컥벌컥 들이키면…… 스콘…… 스콘…… 스콘!! 이러면서 계속 스콘 생각만 했다. 그러자 조금씩 존재가 응고되고 수축되어 정돈되더니 실제로 형태가 생겼다! 호텔 라운지에 하마터면 알몸으로 강림할 뻔해 최후의 순간에 옷을 장만했는데 너무 서두른 나머지 온몸이 솜과 고치와 석유로 뒤덮인 사람이 되었지만(옷까지는 제시간에 맞추지 못해 원료의 상태였다).

그렇지만, 그렇지만.

이걸로 모든 문제 해결, ALL OK! 다이어트하는 김에 우주까지 싹 다 바꾸다니, 나 좀 하는데? 아, 죄송합니다, 이왕 하는 김에 애프터눈 티도 예약해도 될까요?

이게 3개월 전 이야기다. 사람의 가십거리는 75일도 못 가고 모에타마는 팔로워가 쭉쭉 줄어들었다.

그 무렵 우주인이 찾아왔다. 계기가 된 건 내가 사상의 지평선을 기어 올라올 때 질렀던 '스코오오오오오오오 오온' 하는 말 때문이었다. 이때 나는 사고를 지닌 온 우주의 이들과 연결되어 있었다고 하지 않았나? 그게 우주에 그대로 방송되었더랬다.

스코오오오오오오오오온의 수수께끼를 조사하러 우주인이 찾아왔다.

첫 퍼스트 콘택트의 계기는 알마천문대도, 우주 탐사선 보이저호에 실어 보낸 골든 디스크의 메시지도 아닌 스콘이었다. 엄청나군, 스콘.

스코니언이라고 불리게 된 우주인은 사람의 형상을 하고 있었다. 잘하면 그냥저냥 사귈 수 있을 정도의 훈남 에일리언이었다(뭔가 묘하게 미끈미끈한 느낌이 들었지만). 지구를 침략하러 온 것은 아니었다. 말도 통하고 의사소통도 가능해보였다.

이제 우주 진출 가능하겠는데? 이들에게서 뛰어난 기술을 배우면 인류 대약진의 기회를 잡을 수 있지 않을까? 이러면서 지구상의 사람들이 모두 환호성을 지르던 그때, 사건이 터졌다.

검역이라든지 대기 조성이라든지 먹거리라든지 수많은 성가신 일을 극복한 뒤 드디어 서로 얼굴을 맞대기 위해 각국의 높은 사람들이 다 모인 격식 있는 자리에서 일은 벌어졌다.

갑자기 격분한 스코니언이 대사 한 사람에게 달려들더니 펑펑 울면서 퍽퍽 때렸다. 다행히 물 주먹이었기 때문에 대사는 다치지 않았고, 바로 다들 달려가 뜯어말렸다. 그렇지만 전 세계 사람들이 다 보고 있었기 때문에 엄청난 소란이 벌어졌다. 아차하면 우주 대전쟁의 서막을 올리게 될 위기였다.

스코니언은 쓰러져서 정신없이 엉엉 울면서 (맞지, 완전 사람 같지?) 이건 너무 무례하다, 어떻게 이런 말을 듣고 가만히 있을 수 있느냐면서 호소했다.

그런데 아무리 회의 기록을 다시 돌려보아도 문제의 대사는 그 어떤 무례한 말을 한 적이 없었다. 더군다나 그때는 아직 자기소개밖에 하지 않은 상태였다.

그렇게 계속 조사하다가 한 가지 사실을 알게 되었다.

스코니언에게는 말 이상으로 목소리의 울림이 중요하다는 점이었다.

하나의 목소리가 하나의 의미를 지녔다. 우리의 목소리는 하나하나가 고유한 울림을 지니는데 그 울림을 스코니언은 뜻을 지닌 말로 인식했다.

대사의 목소리가 스코니언에게는 "너 이 새끼 ○○을 ○○으로 ○○해버려."라는 의미로 들렸다고 한다(나는 교양 있는 사람이니 곧이곧대로 쓸 수 없다. 그렇지만 이 말을 처음 만난 사람에게 들었다면 나라도 뚜껑이 열렸을 것이다).

하지만 그 기준을 지구인은 도무지 알 수 없으니 문제였다. 일본인에게 있어 영어의 L과 R 이상으로 목소리가 지닌 의미 따위는 구별이 불가능했으니 구분해서 알아들을 수 있을 리 만무했다. 그래서 서둘러서 음향 통역기를 개발했다. 전 지구인의 목소리를 정밀하게 조사해 저마다의 목소리가 지닌 뜻이 분명해졌다. 이리하여 지구인 모두가 성용 데뷔!

아, 성우가 아니라 성용이다. 목소리를 담는 그릇이라는 뜻이라고 한다. 용(俑)이라는 한자는 난생처음 본 줄 알았는데 병마용(兵馬俑)에서 본 글자였다. 설마 세계사에서 본 글자와 여기에서 재회할 줄이야.

그건 그렇고 내 목소리는 무려 농담을 진담처럼 받아

들이는 사람을 핀잔할 때 하는 말인 '두부 모서리에 머리 박고 죽어버려라'였다.

전 세계에서 가장 잘나가는 사람은 당연히 '저' 씨였다. 성용은 언어와 상관없으니 각국의 '저' 씨가 전 세계 곳곳으로 불려 다녔고, 일본에서도 '저' 씨의 일정을 잡기가 너무 어렵다보니 '아무개' 씨나 '나' 씨까지 인기가 생겼다.

그런데 나한테까지 겨우겨우 일이 들어오는 데는 간신히 '두부' 부분을 얼버무리면 저희나 우리 쪽을 뜻하는 '도호(当方)'로 들리기도 한다는 매우 소극적인 수요 때문이었다.

성용이 된 뒤 나에게는 겨우 네 번 일이 들어왔다.

그리고 이번이다.

"아우, 또 도호야!"

펜을 획 던지고 풀썩 엎드렸다.

나도 안다고, 알아. 이렇게 사방으로 던지면 꼭 필요할 때 쓸 펜이 없다는 것 정도는! 그렇지만 걱정 안 해도 돼. 얼마 전에 스무 자루 세트로 샀으니까. 2개월에 한 번 한 줄 그을까 말까라 평생 쓰고도 남는다, 남아.

으이그, 또 시작이네, 또 시작이야. 이런 눈빛으로 핀을 주워 우직하게 필통 안에 넣는 이는 다름 아닌 앞에서 나온 지방의 개념, 지방짱이다. 건방지게 앞치마까지 하고. 지가 무슨 가사 도우미라도 되는 줄 아나.

검은콩 같은 눈으로 지그시 나를 바라보는 지방짱을 셀루라이트 주물주물형에 처해버릴까 하고 손을 뻗었는데 잽싸게 피했다. 어쭈, 이 녀석, 제법인데.

지방짱과는 사후 세계 체험 중에 만났다. 보기에는 전철 광고판에서 하얀 가운을 입은 수상한 아저씨가 '이것이 지방 1킬로그램입니다' 하며 들고 있는 그 덩어리 같다. 게다가 검은콩처럼 생긴 눈까지 있어 말하자면 좀 징그럽다. 그렇지만 한동안 같이 지내며 이런저런 이야기를 나누고 윽박지르고 주무르고 내팽개치고 가리가리 찢고 던지고 했더니 그냥저냥 애교스러워 보이게 된 신기한 녀석이다.

그런 지방짱과도 국제우주선형충돌기에서 눈물의 작별을 했다. 내 다이어트가 성공하면 너와도 두 번 다시 못 만나겠다면서 감정이 복받쳐 부둥켜안고 울었다. 그런데 지구에 돌아와 보니 역시 아직 있었다. 성불하지 않았다. 나한테서 불필요한 지방은 사라졌지만, 전 세계에서 지방이라는 개념은 사라지지 않았다. 무슨 자유민권운동도 아니고, '이타가키는 죽어도 자유는 죽지 않는다*' 같은 소리 하기는.

그 이후로 이 녀석은 우리 집에 빌붙어 살고 있다. 밥도 안 먹고, 자기 일은 알아서 하니까 신경 쓸 일이 전혀 없는 반려동물 같다. 그런데 아무래도 소셜 게임에 빠져 있는 듯해서 랜덤 뽑기 비용을 대주는 대신 집안일을 시키고 있다(참고로 뽑기는 2주에 한 번, 300엔까지). 의외로 집안일을 성실하게 잘 한다. 그게 괜히 좀 얄밉다.

아, 흠, 그리고 아마 관심 없겠지만, 일단 보고하자면 미국 연구소에서 나를 보살핀 영화에 나올 듯한 전형적인 오타쿠 존 스미스와는 이래저래 연락은 주고받고 있다. 녀석의 꿈은 일본에서 니치아사를 실시간으로 시청하는 것이기 때문에 언젠가 일본에 오고 싶다고 했다(아,

---

- 일본의 정치가 이타가키 다이스케(板垣退助)가 1882년에 기후현에서 자객의 공격을 받았을 때 한 말이다. 이타가키 다이스케는 자유민권운동을 추진하면서 후에 일본의 첫 정당내각을 조직했다.

성가셔, 어디까지나 애니메이션을 보기 위해서라고!). 그런데 무려 존은 꽤 잘 나가는 성용이 되었다.

extraordinary라는 목소리로, 다른 말로 대체할 수 있는 형용사인데 의외로 자주 찾는다. 그렇기 때문에 한동안은 미국을 떠날 수 없다고 했다. 뭐, 나랑은 상관없는 일이지만. 존이 좋아하겠다 싶어 사둔 스티커라든지 아크릴 스탠드는 썩지 않으니까. 콜라보레이션 스낵은 내가 다 먹어버렸어도. 뭐, 진짜 나랑은 다무 상관없지만.

하아, 나도 좀 더 수요가 있는 목소리라면 좋았을 텐데. 본업인 편집은 계속하고 있으니까 먹고 사는 데 지장은 없지만 그래도. 친구 고토미는 '새우 샌드를 타고 미끄러져 간다'라는 목소리라서 아마 평생 쓰일 일은 없다. 그거에 비하면 나는 그나마 낫다고 할 수 있겠지.

그래도 가능하다면 '정말 좋아해'라든지 '뽀뽀해줘'라는 목소리를 지닌 두 사람처럼 성용 아이돌로 인기를 얻고 싶었는데. 이게 안 되면 최소한 '창피한 줄 알아야지!'라든지 '이 못돼먹은 녀석'으로 스코니언의 변태 전용 욕설 클럽에서 인기 성용이 되고 싶었다.

언제 들어올지 모를 일을 기다리면서 간신히 본업을

이어가지만, 성용을 해서 좋은 건 배심원 제도처럼 요청을 받으면 본업보다 우선시된다는 점이다.

아, 모르겠다. 일단 들어온 일에 집중하자. 아주 멋드러진 '도호'를 들려줄 테니까!

"안녕하세요."

후후후, 이쪽 업계 사람인 척하면서 이렇게 스튜디오에 들어오면 참 기분이 좋단 말이지. 그렇다고 해도 내 분량은 별로 없어서 방해가 되지 않도록 한쪽 구석에 앉았다. 한가운데에 있는 마이크에 바로바로 들어갈 수 있는 사람은 분량이 많은 주인공들이다.

그래도 이번 일은 별로 돈을 들이지 못하는 모양인지 스튜디오에 모인 사람은 몇 차례 함께 일한 적이 있는, 이른바 성대모사 성용들이었다. 즉 주니어 클래스다. 성용은 수요에 따라 단계가 나뉘어져 있고 출연료도 구분된다. 이는 성용 제도가 생겼을 때 모든 전성연 즉 전세계성용연합이 발족해 결정했다.

오늘의 내용은 '스코니언을 위한 초농후 클로티드크림 광고'였다. 내 대사는 두 군데다.

"매우 희소한 브라운 스위스젖소의 우유를 듬뿍 사용해 깊이가 있으면서 산뜻한 끝맛의 【도호】의 클로티드 크림은 스콘뿐 아니라 찜 요리에 깊은 맛을 더하거나 오믈렛 등 달걀 요리에 넣는 등 다양하게 활용할 수 있습니다."

"부디 【도호】의 클로티드크림을 스코니언 님의 별로 가지고 돌아가 주세요."

우와와와, 겨우 두 마디인데 엄청나게 긴장했다. 일단 목캔디 먹고 (물론 성용감을 내는 데는 용각산 목캔디가 최고다. 참고로 용각산 파우더를 털어먹으면 엄청나게 사레가 들기 때문에 추천하지 않는다) 끓여서 식힌 맹물을 마시고, 작게 발성하고 잰말놀이한 다음 적당히 잘 '호' 하고 말할 수 있도록 연습에 연습을 거듭했다.

먼저 테스트, 그 이후에 마지막 테스트, 정식 녹음으로 이어졌다. 잡음이 들어가지 않도록 적당한 시점에서 자리에서 일어나 분량이 많은 주어나 조사의 방해가 되지 않는 마이크를 찾아 슬쩍 미끄러져 들어갔다.

"깊은 맛이 있" "으" "면" "서" '산뜻한 끝맛' "의" "도호!" "의" "클로" "테트라" "크" "리이" "모하마드"

아이고, 모하마드 씨, 끝까지 다 말하고 말았네. 근데 역시 모만 발음하기는 어렵지. 아, 음향감독한테 한 소리 듣고 있구먼.

이러고 있는데 나도 '도호'에 힘이 너무 들어가 있으니까 조금 더 자연스럽게 하라고 주의를 받았다. 조심하자, 조심해.

테스트, 마지막 테스트, 그리고 정식 녹음. 정신을 차리고 용각산 목캔디 두 개를 입에 한 번에 털어 넣었다.

녹음을 끝내고 부스에서 나오자 자주 함께 일하는 〈리〉 씨(진짜는 리젠슬랄롬 씨)와 조사 '의'의 〈노〉(진짜는 노이후스 씨)가 같이 한 잔 하러 가자고 했다. 나 말고도 몇몇 사람에게 술 마시러 가자고 한 듯했다. 동종업계 사람들끼리의 회식! 대환영!

가가운 이자카야로 이동해 (출연료가 적으니까) 건배부터 했다. 그리고 먼저 불평불만 대회가 시작되었다.

자주 출연하는 그 ○○ 씨, 인사도 안 하는데 프로듀서도 매니저도 아무 말 안 하더라고. 잘 나가면 그게 법이 되는 세계라니까.

△△ 씨 사무실, 영업 잘한다고 들었는데 누구 아는 사

람 있어?

얼마 전에 간 현장이 정말 최악이었지. 아주 엉망진창이었어. 그건 스코니언이 전혀 알아듣지도 못할걸.

"〈도호〉 씨는 회사 다닌다고 했죠?"

갑자기 나한테 말을 걸었다.

"맞아요. 평범하게 낮에 근무하는 일이에요. 그런데 꽤 융통성 있게 시간을 쓸 수 있는 일이기도 하고 재택근무도 할 수 있어 별로 지장은 없어요. 물론 성용 하나만으로 먹고 살 수 있다면 좋겠지만요."

"그쵸. 누가 뭐라고 해도 저는 이 일이 좋더라고요. 내 목소리를 필요로 하는 곳이 있고, 찰떡같이 잘 들어맞는 그 느낌이 중독성이 있어요."

"진짜 성우는 이길 수 없지만요."

〈노〉 씨가 얼굴에 씁쓸한 웃음을 지으면서 대롱 어묵을 뜯었다.

"저는 옛날에 성우가 되고 싶었어요."

모두가 오오, 하면서 흥미를 보였다. 가까운 듯 먼 성우는 역시 지금도 모두가 동경하는 존재였다.

"교육원에 갔는데 입소 심사에서 떨어졌어요. 다시 다

른 교육원에 지원해 이번에는 겨우 들어갔지만, 일은커녕 오디션도 아무것도 들어오지 않더라고요. 얼굴을 알려야 하니까 매일 사무실에 들락거리면서 되도록 큰 목소리로 직원들에게 인사했어요. 그러고는 방해가 안 되도록 줄곧 복도에서 부동자세로 서 있었죠. 운이 좋으면 매니저가 뭔가 일이라도 줄까 싶었거든요. 이자카야에서 아르바이트하고 유흥업소 일도 도우면서 어떻게든 성우가 되려고 애썼는데 서른 넘으면서 의욕이 확 꺾이더라고요."

갑자기 현실적인 무거운 이야기가 나와 다들 아무 말도 못 하고 입을 꾹 다물고 있었다.

"포기하지 않는 사람이 살아남는다고 하지만, 그건 결과론일 뿐이죠. 처음에는 어떻게 해서든 성우가 되고 싶어서 불타올랐지만, 어느 날 문득 깨달았어요."

〈노〉 씨는 생맥주를 단숨에 들이키더니 탁 놓았다.

"'어떻게 해서든'이라는 말 안에는 50, 60이 되어도 씻을 곳도 없는 원룸에서 언제 들어올지 모를 일을 기다리며 건물 경비원이나 주차장 아르바이트로 하루 벌이를 하는 미래도 포함되어 있다고 말이에요. 물론 결혼은 당연히 못 하고 아이도 못 낳죠."

꿈은 말이에요, 하면서 혀가 완전히 꼬인 〈노〉 씨가 말했다.

"꿈에는…… 대가를 지불해야 해요. 시간이라든지, 노력이라든지, 돈이라든지. 싸게 먹히는 사람이 있으면 엄청나게 비싸게 먹히는 사람도 있죠. ㅈ금 나는 손절해서 다행이다 싶어요. 어떤 인과 관계인지는 몰라도 스코니언이 와준 덕분에 성용은 될 수 있었으니까요."

다들 이러지도 저러지도 못하는 마음이 되어 자꾸만 추가 주문을 했다. 나도 오랜만에 꽤 많이 마셨다.

〈노〉 씨는 고주망태가 되어 〈리〉 씨의 부축을 받으며 택시를 타고 집으로 돌아갔다.

나는 술을 깨려고 한 정거장 전에 내려 전철 선로를 따라 난 길을 걸었다.

성용은 목소리가 멋들어지지도 않고 연기를 잘할 수 있는 것도 아니다. 나조차도 '두부 도서리에 머리 박고 죽어버려라'라는 목소리를 가지고 태어났을 뿐이다. 여기에는 노력도 재능도 아무것도 필요 없다. 그저 타고난 목소리가 운명을 결정한다(말하는 김에 하면 '정말 좋아하

& 뽀뽀해줘'의 두 사람도 아이돌로는 노래도 춤도 별로고 목소리도 우리 인간이 듣기에는 아무런 특징이 없으며 외모도 뭐…… 아니다, 됐다, 관두자).

애초에 목소리가 근사하다, 목소리 연기를 잘한다는 것은 무엇일까? 전에 스튜디오에서 함께 녹음했을 때부터 〈노〉 씨의 목소리는 또박또박 잘 들려서 좋다고 생각했다. 그것만으로는 안 될까? 안 되겠지. 앉을 의자가 세 개밖에 없는데 앉고 싶은 사람이 100명 있다면 장점이 많은 사람이 선택된다. 목소리도 좋고, 연기도 잘하고, 외모도 근사하고, 여기에 운도 성격도 인복도 개성도 뭔지 알 수 없지만, 뭔가를 가지고 있는 사람.

휴, 뻔하디뻔한 강자 생존 방식이다.

부족하더라도 꿈을 이루고 싶은 사람은 〈노〉 씨처럼 비싼 대가를 치러야 한다. 그러다가 어느 시점이 되면 더 이상 대가를 치르지 못하고 퇴장한다. 무대 위에 있는 이는 이 세 개의 의자에 앉을 수 있었던 사람뿐이다. 남은 아흔일곱 명은 보이지 않게 된다.

무대에 섰어도 그 자리를 계속 꿰차고 있을 수 있다는 보장은 없다. 다른 길을 선택하는 사람, 포기하는 사람,

지쳐 나가떨어지는 사람 등 한 사람씩 사라져 보이지 않게 된다.

그렇다 해도 어렴풋이 안다. 나는 그저 한 사람의 성용에 지나지 않지만, 〈노〉 씨를 비롯해 많은 사람이 의자에 앉고 싶어 하는 마음을 말이다.

이 의자는 당신의 몫이야.

당신을 위한 자리지.

당신이 없었다면 이 의자도 이렇게 근사해보이지 않았을 거야.

이런 말을 듣고 싶으니까. 꼭 필요하다는 말을 듣고 나밖에 할 수 없는 일이 존재하며, 다른 누군가로 대체될 수 없는 존재, 즉 모두 '특별'해지고 싶다.

〈도호〉인 나조차도 일이 들어오면 설레고 잘 해내면 뿌듯하다. '특별함' '희망' '꿈', 모두 덧진 말인데 그 멋겹에는 중독성이 있다.

가느다란 달이 옅은 구름에 아련하게 가려져 있었다. 선로를 따라 난 길에 드문드문 가로등 불빛이 비쳤다. 그 빛의 원과 원 사이, 어두운 부분에 발을 들이고 싶지 않아 도움닫기로 넘으려다가 철푸덕 엎어졌다.

다음 날에는 과음으로 탈이 나 아침에 일어나지 못해 재택근무를 했다. 그다지 급하지 않은 레이아웃 확인과 진행이 더딘 문필가의 작업 진행 확인, 나머지는 사무실 간식 꾸러미의 가짓수를 늘려달라는 사내 품의를 통과시키는 일이어서 아주 평화로웠다.

지방짱은 여전히 투덜대면서 이온 음료를 준비하고, 나에게 강황을 먹이고, 두부 수프를 만들고, 넘어져서 굴렀을 때 쓸린 무릎에 반창고를 붙여 주며 보살폈다. 마치 신혼부부처럼. 이 동거생활 할 만하다는 생각이 들다가도 아, 안 돼, 안 돼 이 녀석은 지방의 개념, 안락함에 지면 결국에는 고독사밖에 없다면서 다시 나로 돌아왔다.

그러다 에이전시에서 전화가 왔다.

"가미이데 씨, 흥, 흥분하지 말고 들으세요! 지금, 앉아 있어요? 주변에 위험한 거 없죠?"

매니저가 엄청나게 들떠서는 배리어프리만큼이나 온갖 신경을 썼다. 뭐지? 무슨 일이지?

"그 있죠. 영화 일이 들어왔어요. 게다가 중요한 대사까지 있어요!"

꽈당하고 넘어졌다. 그렇지만 지방짱 위로 떨어져서 다행이었다.

"어어어어어어쨌든, 자세한 내용 들어오면 다시 전할 게요. 다음 달 토요일, 일요일 중에 안 되는 날 있어요?"

"다 괜찮아요! 아무것도 없어요! 언제든 스케줄 넣어 주세요!"

어안이 벙벙한 상태로 전화를 끊었다. 하마터면 내 머리 밑에서 터져 산산이 흩어질 뻔한 지방짱이 기어 나왔다. 엄청나게 화가 나 보였지만, 내 얼굴을 보자마자 입을 다물었다.

알고 있다. 지금 나 셜록 홈즈 시리즈의 라이헨바흐폭포에서 기어 나온 5년 된 모리아티 미이라 같은 얼굴을 하고 있다는 걸.

"영, 영화, 영화가 들어 왔어! 미리 말해 두겠는데 누구 이름 아니야! 영화, 무비 시네마 필름 애니메이션, 활동 사진! 게다가 주연이래!"

지방짱이 풀썩 쓰러졌다.

지구와 스코니언이 함께 공동 제작하는 초대작 어니

메이션《때는 콩 저편으로》.

지구인과 스코니언이 별들의 전쟁을 극복하고 사랑으로 맺어진다. 시시각각 다가오는 각종 콩 모양의 적우주인을 두부 우주선에 올라타 무찌르고, 간장 빔과 된장 폭격기가 온 우주에 쫙 퍼진다. 그리고 마지막에 재회한 연인들이 서로를 바라보고 미소를 지으면서 달콤하게 속삭인다.

"두부 모서리에 머리 박고 죽어버려라."

이게 뭐야.

합작이라면서도 제작비 6조 엔 가운데 5조 9천억 엔을 우주인 측에서 내니까 싫든 좋든 불만을 표할 수는 없었다. 나도 꽤 많은 출연료를 받을 것이다. 우와, 설레는데. 좋다 좋아.

그리고 나는 처음으로 진짜 스코니언과 만났다. 지금까지는 음성만 중계로 연결되어 있었고, 대본을 따라가는 일만으로도 벅차서 상대방 쪽 모니터는 볼 여유 따위 없었다.

그렇지만 역시 엄청난 대작이었다. 각국의 출연자가 모여 다 같이 인사하는 파티 같은 자리가 마련되었다. 우와, 인간판 성우들은 멋있구나. 높은 사람이 엄청 많이 왔네. 오호, 저거 바닷가재잖아. 나중에 꼭 먹어야지!

벽에 붙어서 반짝이는 눈으로 뷔페 테이블을 뚫어져라 쳐다보는 내 손에는 화려한 자리에 어울리지 않는 커다란 토트백이 들려 있었다.

가방이 꿈틀꿈틀 움직였다. 그렇다, 안에는 지방짱이 들어 있었다. 혼자 참가하기가 좀 어색해서 지방짱에게 함께 와달라고 했다. 괜찮아, 다른 사람에게는 베개로 보일 테니까(토트백에 베개를 쑤셔 넣고 파티에 참석하는 사람도 정상으로 안 보이겠지만). 그래도 지금은 나오고 싶다고 하면 안 돼. 유흥업소 언니들이 키우는 과시용 치와와처럼 얌전히 있어야 해.

그런데 아까부터 저기 있는 스코니언이 나를 계속 쳐다보는 듯했다. 지구인에게는 보이지 않는 지방짱이 스코니언에게는 그대로 다 보이는 걸까? 역시 가방을 휴대품 보관소에 맡겨야 할지 고민하는 사이 스코니언이 미끄러지듯이 가까이 다가왔다.

"처음 뵙겠습니다. 가미이데 모에 씨죠?"

작은 파이프 오르간처럼 수많은 음이 중첩된 신기한

목소리였다. 나는 당황해서 전자 패드를 꺼냈다.

"네, 가미이데 모에입니다. 처음 뵈겠습니다."

당황해서 글씨를 틀리고 말았지만, 스코니언은 부드럽게 웃었다. 이 전자 패드는 지구인과 스코니언이 대화를 나눌 때 사용한다. 성용을 준비할 수 없을 때 필담으로 해결하기 위해서다.

근데 역시 스코니언은 신기한 외모를 지녔다. 인간과 비슷하게 생겼지만, 비율이 살짝 다르다. 색도 다르다. 질감도 다르다. 움직임도 다르다. 닮았지만 분명 다르다. 볶음밥과 필라프, 토우와 토용 정도로 말이다.

"어? 근데 제 이름을 어떻게?"

"당연히 알고 있죠. 이 파티에 오신 분들에 대해서는 전부 다."

눈썹 같은 곳이 잔물결처럼 흔들렸다. 이것은 분명 웃고 있다는 표시일 것이다.

"죄송해요. 저는 스코니언에 관해 잘 몰라요. 잘못 알고 있다면 미아뇨."

아아아아, 또 틀렸다! 게다가 할 말이 왜 이렇게 생각이 안 나냐고! 그렇지만 스코니언은 부들부들 눈썹을 떨었다. 그 모습에 살짝 용기가 생겨 대담해졌다.

"지구는 재미있나요?"

"즐거워요. 훌륭한 문화나 근사한 자연, 먹거리, 예술 등 이 세상은 놀라움으로 가득 차 있습니다. 물론 인간 여러분도 멋지고요."

외교상, 일반인이 스코니언의 별에 관해 묻는 일은 금지되어 있다. 그래서 어떻게 이야기를 이어가야 할지 고민하다 이렇게 썼다.

"지구에서 어디를 좋아하나요?"

무슨, 초등학생 작문도 아니고. 그렇지만 스코니언은 이번에는 귀처럼 보이는 부분을 천천히 파란색과 노란 색으로 깜빡이면서 (이건 자신의 내면을 바라보는 상태라고 한다) 대답했다.

"아키하바라요. 그 동네에는 수많은 것이 있고 아주 북적여서 즐거워요. 저는 몇 가지 기념품을 샀어요."

오, 스코니언, 존하고 친해질 것 같은데.

"저도 아키바하라에 가볼게요. 그리고 그."

어떻게 하지, 이거 굴어봐도 될까? 외교 문제로 번지지 않으려나. 아니 그래도 궁금하니까. 에라, 모르겠다.

"왜 하필 콩 영화인가요?"

아, 잠깐, 어? 스코니언의 머리털로 보이는 부분이 전부 거꾸로 서서 회전하기 시작했다. 뭐야, 이거 가발이야? 어쩌면 내가 절대로 물어보면 안 되는 것을 물어보았나? 큰일 났다. 콩 대신에 인류가 쫓겨나게 생겼는데.

이럴 줄 알았는데, 스코니언이 미끄덩하면서 내 양손을 잡고 말했다.

"물어봐줘서 정말 고맙습니다! 인간 여러분은 아무도 물어보지 않더라고요. 왜 그렇죠? 꽤 거슬러 올라가 3표이 49뉴르른 전에 우리 스코니언은 닛쿠키콩들과 오랜 시간에 걸쳐 항쟁을……."

그렇구나, 가발 대 회전은 스코니언이 갑자기 엄청 흥분했을 때 나오는 모습이구나. 이 오타쿠 특유의 빠른 말과 상대가 듣든지 말든지 신경 안 쓰고 일방적으로 온갖 지식을 쏟아내는 느낌, 역시 존과 사이좋게 지낼 듯하다.

스코니언은 이야기를 정신없이 이어가더니 결국에 가발이 너무 많이 회전해 드론처럼 날아갔다. 이야기는 파티가 끝날 때까지 이어졌고 나는 바닷가재는커녕 새우

깡도 집어 먹지 못했으며 가방 안에서는 지방짱의 코 그는 소리가 울려 퍼졌다.

그로부터 다시 5개월 후.

나는 아직도 후시 녹음 현장에 가지 못했다. 제작이 지연되고 있는 것도, 자금이 바닥이 난 것도 아니다.

콩이 공격해왔다.

정확하게는 스코니언의 영원한 라이벌, 마메터리언이 말이다.

스코니언은 바로 적군과 맞서 싸웠고, 그 덕분에 영화 실사 파트 촬영이 연기되었다.

그래서 지금 나에게 그 파티에서 만난 스코니언이 머리를 조아리고 있다. 역시 좀 흥분했는지 가발이 금방이라도 날아갈 것처럼 시동을 걸고 있다. 지금 날아가면 근장 나에게 날아올 테니 제발 좀 진정해주지 않을래.

"가미이데 모에 씨, 당신밖에 없습니다. 부탁합니다!"

파이프 오르간이 드르르드르르 뒤틀렸다. 이것은 어떤 울림일까? "너 이 새끼, 내 말 안 들으면 지구까지 깡그리 다 날려버린다." 이런 내용은 제발 아니었으면 좋겠는데.

스코니언의 말은 이랬다.

마메터리언과의 전쟁에서 최전선으로 나가 내 목소리로 소리를 질러달라. 물론 육성이 아니다. 주파수 변환기로 상대방 진영에 퍼트리려고 한다. 마메터리언에게 음향 병기를 사용한 적은 없는데 그건 지금까지 '두부 모서리에 머리 처박고 죽어버려라'라는 의미를 지닌 목소리가 존재하지 않았기 때문이다. 만약 내가 온 힘을 끌어모아 마메터리언에게 이 목소리를 날리면 그놈들의 전의가 순두부처럼 산산이 부서져 흩어질지 모른다는 것이었다.

"당신이 전쟁터로 향할 때 그리고 전쟁터에서의 안전은 당연히 100퍼센트 보장합니다. 제발 전 인류를 대표해 이 임무를 맡아주십시오!"

흠흠흠.

어쩌면 이것이 내 전용 의자이고, 내 '특별함'인 걸까?

괜찮을 듯도 한데. 내 목소리 하나로 더 이상 희생자를 내지 않고 전쟁을 끝낼 수 있다니. 그런 영화 있지 않았나. 제목이 뭐였더라?

좋아.

내가 가주지. 우주 어디든, 콩들의 별이든.

가서 가미이데 모에 일생일대의 외침을 들려줘야지.

그래, 우주의 중심에서 사랑과 I를 외치는 거야.

나는
고독한
별처럼

이모가 하늘에서 진 날은 아주 청명한 가을날이었다. 한자리에 모인 친척과 친구들이 역시 아름다운 포물선이었다면서 잔뜩 치켜세운 다음, 식을 마친 후에 마련한 찻자리에서 홍차와 비스킷을 마음껏 즐기고 흡족하다는 듯이 사라졌다.

나는 이모가 없는 집에 홀로 돌아왔다. 이모의 책들로 꽉 차 있는 서재로 들어와 커다란 가죽 의자에 앉았다. 몸집이 왜소했던 이모는 이 의자에 푹 안기듯 앉아 흐뭇하다는 듯이 '나의 코쿤'이라고 불렀다.

나는 이모보다 키가 조금 더 커서 고치 같다고 말하기는 어려웠지만, 이모와 비슷하게 나이가 들었고, 고집불통이고, 노익장이 있는 이 의자에서 광택용 오일의 달짝지근한 냄새가 감돌아 마음이 안정되었다.

이모는 이 의자에 앉아 책을 여러 권 썼고, 논문의 실수나 계산이 틀린 부분을 지적하는 메일로 꽤 많은 사람을 두려움에 떨게 했으며, 새로운 이론을 발표해 얼마간 세상을 떠들썩하게 했다. 그렇다고 이모가 트집 잡는 데 선수인 사람은 아니었다. 이모는 생물학자였다. 단지 약간 독설가였고 애매모호한 것을 잘 참지 못하는 성격이었다. 명성 높은 학자라고 알고 호기심에 가득 차서 말을 걸었다가 순식간에 이모에게 꼼짝 없이 당해 "저기, 다른 곳에서 불러서 가봐야겠어요." 하거나 "오늘은 함께 이야기를 나눌 수 있어 즐거웠습니다." 하면서 사람들이 우물우물 변명하며 사라지는 모습을 여러 번 보았다.

사람을 좋아하는 성격은 아니었을 것이다.

다른 사람과 함께 연구를 이어가는 일을 30대 중반에 포기한 이모는 그때까지 모은 돈과 얼마 안 되는 유산으로 슈롭보로 교외에 빅토리아 양식의 집을 한 채 빌렸고, 이후에는 쭉 그곳에서 생활했다. 배우자도, 특별한 파트너도 없었지만, 종종 고양이는 곁에 있었다.

그러한 생활에 내가 발을 들이게 된 데는 내 엄마, 그러니까 이모의 언니가 너무 일찍 졌기 때문이었다. 그전까지 1년에 한 번 생일날이 되면 책을 한 권씩 보내주었던 신화 속 존재 같던 이모는 엄마의 낙하식에 모습을 드러내 근엄한 표정으로 이렇게 말했다.

"책을 소중하게 다룰 것, 편식하지 않을 것, 고양이들과 사이좋게 지낼 것, 커피도 금지, 스란을 피우거나 시끄러운 음악을 듣는 것도 금지."

그렇게 나는 이모와 함께 살게 되었다. 엄마보다 나이가 어린데도 벌써 이모의 머리는 새하앴지만, 피부는 복숭아처럼 매끈했다. 내가 대여섯 살이던 무렵, 이모는 나이 든 요정이 분명하다고 생각했다. 혹은 마녀이거나. 수많은 고양이를 거느린 마녀일지도 모른다.

이모 집에서 살게 된 지 얼마 지나지 않아 나는 디스렉시어(dyslexia) 즉 난독증이라는 사실을 알게 되었다. 글자는 나에게 흩어져 있는 기호나 마찬가지였다. 가령 엄마라는 단어는 한 글자씩 읽을 수 있어도 어떻게 연결되어 있는지 알 수 없었다. 책에 쓰인 내용을 소리 내어 읽거나 의미를 가늠할 수도 없었다.

이모는 어이없어했다.

"네 엄마도 참, 그러면 그렇다고 알려 주지. 그럼 네 생일에 책 말고 다른 걸 보냈을 텐데."

하지만 나는 책을 좋아했다. 그 만듦새, 페이지를 넘길 때의 감촉, 종이의 냄새, 뜻은 알 수 없어도 질서정연하게 늘어선 많은 기호, 삽화와 화려한 문양. 읽지는 못해도 이모가 보내준 책은 아무리 봐도 질리지 않아 페이지마다 그 구성까지 전부 외울 정도였다.

어쩌면 엄마는 내가 난독증이라는 사실을 몰랐을지 모른다. 심부름을 시키면 다른 물건을 사 오거나 좌우 반대로 글씨를 쓰는 걸 못 고치고, 전철이나 버스 타기를 싫어할 때마다 "넌 왜 이렇게 구제 불능이니."라고 핀잔을 주고 끝냈다. 이모는 한 번도 "넌 왜 이렇게 구제 불능이야."라는 말을 입에 올린 적이 없었다.

"우리는 글이라는 녀석을 리본과 비슷하게 인식해. 그렇지만 너에게는 종이 눈보라처럼 보일 거야. 근본은 같아도 보이는 방식이 다를 뿐이지."

종이 눈보라! 내 머릿속에는 색색의 종이 눈보라가 흩날렸다. 그게 신기하게도 매우 멋진 광경처럼 보였다.

이모는 내가 종이 눈보라를 어떻게 하면 잡을 수 있을지 이리저리 궁리했다. 두꺼운 종이 중간 중간에 틈을 만들어 조금씩 글자를 읽을 수 있도록 하거나 단어마다 색을 달리해 낱말의 덩어리를 파악할 수 있도록 했다. 지금까지 머릿속에서 하늘하늘 어지럽게 날아다니던 기호의 조각들에는 저마다 역할이 있고, 연결되면 의미가 된다는 것, 내가 입으로 내뱉던 말들은 또 하나의 '글자'라는 얼굴이 있다는 사실을 나는 처음 알았다. 튀어 오르고 이리저리 춤추고 도망치고 제멋대로 움직이던 글자가 이모의 마법으로 가지런히 나열되었다. 역시 이 사람은 마녀이고, 지금 나는 마법의 주문을 배우는 거라는 생각에 마음이 설렜다.

이제는 집중하면 느리기는 해도 읽을 수 있다. 이모가 보내준 책도 드디어 끝까지 의미를 따라가며 읽을 수 있게 되었다.

눈앞에 있는 책상 위에는 이미 모든 서류가 모서리를 가지런히 맞추어 완벽하게 정리되어 있었다. 자기 죽음을 미리 알아서가 아니라, 이모는 본래 그런 성격이었다. 그에 반해 나는 머릿속이 늘 복잡하게 어질러져 있어서 차를 마시러 주방에 갔다는 사실을 깨달았을 즈음에는 이미 정원에서 튤립을 심고 있었다. 이모와 나는 정반대였지만, 신기하게도 함께 생활하기는 편했다.

집 안이 매우 조용했다. 이모의 냄새가 나는 고치 안에서 눈을 감고 있으니 따뜻해진 집이 내는 조용한 소리나 멀리서 가축의 울음소리가 들려왔다. 단지 즐겨 쓰던 머그잔을 한 손에 든 이모가 움직이는 소리만이 들리지 않을 뿐이었다.

아마 지금 나는 망연자실해 있다. 이모의 부재를, 이 정적을 어떻게 하면 좋을지 몰라 막막하다. 누군가가 곁에 있어 짜증이 나거나 불만이 생기는 그러한 마음은 잘 안다. 그렇지만 누군가가 곁에 없는 일이 이렇게나 크게 다가오다니.

멍하니 책상 위를 바라보다가 내 이름이 적힌 봉투가 놓여 있는 걸 발견했다. 봉투에는 늘 오른쪽 위로 비스듬하게 올라가는 이모의 가는 글씨로 '예니에게'라고 적혀 있었다. 나를 위해 빨간색과 파란색 펜으로 쓴 색색의 이름. 봉투를 열어 꺼내자, 리포트용지에도 역시 색색의 글자가 나열되어 있었다.

예니에게

네가 이 편지를 읽을 때쯤이면 난 이미 져 있겠지(편지
지 끝까지 선을 긋고 나서 이렇게 시작하는 문장 좋네, 한 번 이
렇게 써보고 싶었다면서 휘갈겨 쓰어 있었다). 요즘 들어 몸
안의 톱니바퀴가 잘 맞지 않으면서 조금씩 물이 흘러넘
치는 듯한 느낌이 들었어. 참 이상하지. 언젠가 이런 날
이 올 줄 알았지만, 정작 눈앞에 닥치니 이런 마음이 들
고 말이야.

너보다 먼저 질 거라는 사실은 이미 알고 있었으니 준
비는 해두었어. 필요한 서류는 지금 네가 앉아 있는 책상
오른쪽 아래의 커다란 서랍에 들어 있단다. 봉투별로 그
분해두었으니까 뒤섞이지 않도록 즈심하럼. 성가신 일
은 모두 커쇼 변호사에게 일임했으니 괜찮을 거야. 즉 너
는 앞으로 쭉 이 집에서 살 수 있고, 아마 평생 지금과 같
은 생활을 할 수 있을 만큼의 돈도 있어. 물론 집을 팔아
서 어딘가 다른 곳, 아주 먼 곳으로 가도 괜찮아. 록 스타
가 되어도 좋고, 머리를 초록색으로 물들여도 되고, 아이
스크림만 먹으며 살아도 돼. 너는 자유야.

한 가지 부탁이 있단다.

책상 오른쪽 끝에 있는 스탠드 근처에 빨간 가죽으로 된 소품함이 있을 거야. 그 안에 내 어머니의 유품인 작은 거울이 들어 있어. 그걸 너에게 남길까 하다가 네게 부담이 되지 않을까 싶었어. 그게, 나한테 그랬듯이. 줄곧 어떻게 해야 할지 몰라 소품함에 계속 넣어두었거든. 그러니 너에게 그것을 짊어지게 하지는 않으려고.

그 대신, 버려주겠니? 콜로니의 가장자리, 채광 패널의 회전축에 에어 록이 있어. 거기에서 우주로 흘려보내 줄래? 내 부탁은 이것뿐이야. 나머지는 네가 행복하게, 즐겁게 살아가면 그걸로 족해.

아, 맞다. 한 가지 깜빡했는데 곧 집에 내 친구가 찾아올 거야. 낙하식에는 오지 않아도 좋으니까 대신 이 부탁을 위해 너를 도와달라고 말해두었어. 언뜻 성격이 까다로워보일지 몰라도 의외로 좋은 사람이니까 믿어도 된단다.

네가 나를 빨리 잊을 수 있기를.

먼 옛날에 들었던 노래처럼, 들었던 일은 기억해도 분명하게 떠올리지 못하는 그런 존재가 되면 좋겠어.

너와 함께한 시간은 정말 즐거웠단다.

고마워.

고양이 잘 부탁해.

편지를 읽는 사이, 고양이 한 마리가 내 무릎 위로 올라왔다.

이 집의 고양이들에게는 이름이 없다. 이모는 절대로 이름을 지어주려고 하지 않았다. 그렇게 사랑하는 방식이 아니라, 우리는 그저 우연히 함께 있을 뿐이라고 자주 말했다.

무릎 위에서 몸을 둥글게 말고 있는 아이는 나이가 든 점박이 무늬 고양이다.

내가 이 집에 왔을 때부터 고양이가 지는 순간을 두 번 함께했다. 고양이의 별은 지지 않는다. 고양이에게는 별이 없으니까. 이모가 이름을 붙이지 않은 이유도 그래서일지 모른다.

옛날에 지구에서는 사람이 지면 땅에 묻거나 화장했다고 한다. 그렇지만 이곳에서 땅은 한정되어 있다. 그리고 산소도. 그래서 사람의 수명이 다하면 재생조로 돌아간다. 쓰레기나 자원과 마찬가지로. '죽음'과 관련된 절차는 극히 형식적이 되었다. '죽음'을 추모하길 원하는 사람들은 새로운 의식을 만들어냈다.

내가 사는 콜로니 '올드 잉글랜드'는 가늘고 긴 연필과 같은 형태를 하고 있다. 실린더 형태라고 불리는 오래된 타입이다. 각각 여섯 장의 패널로 구성된 이중으로 된 두 통이 서로 반대 방향으로 돌아가며 편심과 뒤틀림을 상쇄한다. 패널은 번갈아가면서 하늘과 육지로 나뉜다. 하늘이라고 해도 하늘처럼 보이는 스크린상의 태양광 패널일 뿐이다. 그 하늘 부분에 별을 본뜬 발광체를 고정해 두었다. 별은 이곳에 사는 사람들과 연동되어 있다.

사람이 태어나면 'ㅇ월 ㅇ일 작은 별이 하늘로 올라갔습니다.'라고 보고된다. 그리고 사람이 죽으면 그 별을 떨어뜨린다. 우리가 아는 사람, 친했던 사람, 커뮤니티에서 특별한 인연을 맺었던 사람이 사라지면 알림이 온다. 우리는 그 사람의 별이 하늘에서 떨어져나가 화약이 아름다운 꼬리를 그리며 완전히 타는 모습을 다 같이 모여 바라본다.

이것이 우리의 의식이다.

나의 엄마는 졌다.

고양이들은 사라졌다.

이모는 졌다.

나는 사라지는 것과 지는 것의 차이를 아직 잘 모른다. 하늘을 잘 들여다보면 이모의 별이 있던 자리의 공백이 보일까? 얼마 지나지 않아 그 틈은 다른 사람의 별로 채워질지도 모른다(채워지지 않을지도 모른다. 지는 별이 올라가는 별보다 많으니까. 2천 명 아래로 내려가면 콜로니는 유지할 수 없게 된다. 그때까지 이제 한두 세대밖에 남지 않았다고 한다).

별의 공백과 사람의 공백은 어떻게 다를까?

다음 날, 정말로 이모의 친구라는 사람이 찾아왔다.

우리가 로시난테라고 부르는 이등식 화물 운반기를 가지고 현관 앞에 서 있었다.

길게 쭉 뻗은 검은 머리를 하나로 묶은 강한 눈빛의 무뚝뚝한 여성이었다. 놀랍게도 이모보다 꽤 젊었다.

"네 이모의 별이 진 걸 봤어. 그래서 약속을 지키려고 왔어."

그 여성은 자신을 레이리타라고 밝힌 뒤 바로 여행을

떠날 수 있는지 물었다. 필요한 물품은 이미 어제 다 준비해두었고, 먹고 마실 것은 로시난테에 실어두었으니까 필요 없다고 했다. 레이리타는 언제부터 이 여행을 준비했을까?

고양이들이 먹을 사료와 물을 넉넉히 담아두고 고양이 문을 통해 밖으로 언제든 자유롭게 드나들 수 있도록 해둔 다음, 손거울을 넣은 내 작은 짐을 로시난테에 싣고 문을 잠근 뒤 그대로 출발했다.

이 집을 나서는 일이 이렇게나 간단하다니, 놀라웠다.

이모의 집에서 가장 가까운 콜로니의 가장자리는 약 73킬로미터 떨어져 있었다. 5일 동안 걸어야 하는 거리였다.

쇠퇴한 콜로니는 대부분 방치되어 있었다. 우리가 살던 교외의 집 너머는 무어라는 황무지다. 궤도차도 사용할 수 없어 걸어서 가야 한다. 집에서 조금 벗어나자, 간선도로는 보수도 되어 있지 않아 황폐했다. 이끼나 지의류가 슬금슬금 자신들의 소굴로 삼고 있었지만, 무성한 초목의 침식으로부터는 겨우 보호되고 있었다. 걷기 힘들 정도로 엉망인 포장도로를 저 멀리 있는 콜로니의 가장자리를 목표로 삼아 걸었다.

나는 이렇게 멀리 나온 게 태어나서 처음이었다. 사람들은 소수로 모여 살며 생활 기능을 한곳에 집중해 에너지 낭비를 방지하고 있었다. 엄마 집에서 나와 약간 변두리에 자리해 있는 이모 집으로 옮긴 게 내 생애 최대의 여행이었다.

처음에는 긴장한 상태로 걸으며 눈에 보이는 모든 것에 놀라움을 감추지 못했다. 하지만 그것도 몇 시간 지나자 오로지 다음에 디딜 한 발밖에 생각할 수 없게 되었다. 이렇게 5일 내내 걸어야 한다고? 내가 무슨 일을 시작한 거지?

우리는 계속 나아갔다. 나도 말수가 적은데 레이리타도 만만치 않게 말수가 적었다. 대화를 거의 나누지 않으니 오로지 두 사람의 신발이 길에 닿는 소리와 로시난테의 관절이 리듬감 있게 삐걱대는 소리만 들렸다.

레이리타는 여행이 꽤 익숙한 듯했다. 느리지만 착실히 같은 속도로 꾸준히 걷는 모습에서도, 내가 완전히 지쳤는데도 숨이 전혀 차지 않는 모습에서도 걷는 게 익숙한 사람이라고 알 수 있었다.

휴식을 위해 걸음을 멈추자, 레이리타는 빠릿빠릿하게 태양광 패널을 펼쳐서 로시난테를 충전했다. 그리고 남은 전력으로 물을 끓여 차를 우려낸 다음 드라이 프루트와 너트를 같이 굳힌 바를 건넸다. 꽉 차 있는 딱딱하고 달콤한 바를 조금씩 깨물어 먹으며 레이리타를 몰래 관찰했다.

나이는 나보다 위다. 처음 생각했던 것보다 어쩌면 더 나이를 먹었을지도 모른다. 야외의 빛 아래에서 보니 눈과 입 근처에 살짝 잔주름이 있었다. 그렇지만 이모보다는 훨씬 어렸다.

레이리타는 늘 입을 꾹 다문 채 바로 앞에 있는 것의 속까지 꿰뚫어보겠다는 기세로 눈을 살짝 가늘게 뜨고 뚫어져라 바라보았다. 손톱은 짧았지만, 아름다운 버건디 네일이 발라져 있었다. 장식이 거의 없으면서 몸에 딱 맞는 기능적인 옷을 입고 모자가 달린 넉넉한 케이프 비슷한 것을 몸에 둘렀다. 신발은 낡았지만 튼튼하게 잘 만들어진 부츠를 신었다. 살짝 그을린 피부, 눈썹도 속눈썹도 숱이 많고 굵었다. 입술은 크고 두툼했다. 눈동자 색

은…… 하고 보다가 얼굴을 든 레이리타와 눈이 마주쳤
다. 당황해서 시선을 떨구고 발아래에 있는 풀에 갑자기
관심이 생긴 척했다.

"밴드를 하고 있어. 그래서 여행을 자주 해. 밴드 맴버
랑 여기저기를 걸어서 다니지. 노숙할 때도 있어서 로시
난테에는 거의 늘 짐이 실려 있어. 이렇게 오래 걷는 일
은 처음이지만."

낮은 목소리로 천천히 이야기했다. 걸걸한 목소리였
다. 이모가 좋아했던 전립분 빵처럼.

밴드? 갈수록 이모와의 접점을 알 수가 없었다. 물어
볼까 망설이는 사이, 레이리타가 자리에서 일어나 로시
난테에 다시 짐을 실었다.

"오늘은 조금 더 걷자. 그 대신 내일 아침에는 느긋하
게 출발해야 할 거야. 아마도."

그러더니 살짝 웃었다.

"넌 움직일 수 없을 테니까."

움직일 수 없었다.

전신이 삐걱대는 듯했고 발은 통증 덩어리였다. 믿을

수 없었다. 이런 상태로 4일이나 더 걸어야 한다니. 그뿐 아니었다. 나는 소름 돋는 사실을 깨닫고 말았다. 갔던 만큼 돌아와야 한다는 것이었다. 갈 때와 똑같은 거리를.

"오늘이 가장 힘들어. 이후에는 몸도 적응해서 조금씩 편해질 거야. 돌아갈 때 일은 걱정하지 않아도 돼. 짐이 줄어들면 너를 로시난테에 태울 수도 있어. 그렇지만 그 때는 너도 나만큼 걸을 수 있게 되어 있을 거야."

레이리타는 내 발을 저쪽으로 쭉 늘리고 이쪽으로 굽히거나 하면서 말했다. 왜 아무 말도 하지 않았는데 내 생각을 다 꿰뚫어보지? 그렇게 생각하며 쳐다보니 다시 싱긋 웃었다.

"나도 그랬으니까."

준비 운동을 끝내자, 통증이 조금 가셔 있었다.

간선도로를 따라 걸었다.

가끔 길이 많이 망가진 곳이 나오면 돌아서 갔다. 커다란 나무나 숲은 별로 없었다. 저 멀리까지 텅 빈 풍경이 펼쳐졌다. 물이 잘 빠지지 않아 연못이나 물웅덩이가 생겨 있거나 작은 강이 흐르는 곳도 있었다.

아침에 일어나 초라한 야영지를 정리하고 달콤한 홍차와 과일바나 초콜릿을 깨물어 먹었다. 점심이 되면 로시난테를 멈추고 물을 끓여 걸쭉하고 짭짜름한 포타주 같은 수프와 살짝 신맛이 나는 속이 꽉 찬 빵을 먹었다. 그러면 배가 든든해져 오후에도 겨우 힘을 내서 걸을 수 있을 듯한 기분이 들었다. 밤에는 손전등을 켜고 전열기로 조리했다. 쿠스쿠스와 건조 토마토, 물에 불린 달걀토 오믈렛을 만들었다. 콩과 소금으로 절인 고기를 넣은 진한 수프와 빵. 사과와 고구마를 조려 만든 퓌레. 로시난테에서는 마치 마법처럼 다양한 식재료가 나왔다. 그리고 그것을 조합해 식사를 만드는 레키리타의 음식 솜씨도 마법 같았다. 아무것도 도울 수 없는 자신이 창피했는데 레이리타가 홍차는 네 담당이라면서 맡겼다.

차를 우리는데 이모의 말이 떠올랐다.

"서두르면 안 돼. 너도 욕조에 느긋하게 몸을 담그고 있을 때 귀 뒤는 씻었는지, 구석구석 잘 헹구었는지 이것저것 말 걸면 싫잖아? 찻잎이 뜨거운 물에 가라앉아 건조되어 쭈그러들었던 손발을 펼치고 따스함에 몸을 같겨 품고 있던 비밀을 이야기해봐야겠다 하는 마음이 들

때까지 기다려야 해. 찻잎의 비밀이 녹아든 따뜻한 물이 바로 차야. 그냥 색깔 있는 물이 아니지."

이모가 우리는 차는 늘 스푼이 차 속에 설 정도로 진해서*, 우유가 가득 섞여 있었다. 레이리타도 밀크티를 좋아해 로시난테 안에는 동결 건조된 우유가 들어 있었다. 아침에는 밀크티를, 밤에는 허브차를 우렸다. 찻잎이 풀어지기를 기다리는 시간, 따뜻한 머그잔을 손으로 감싼 채 멍하니 있는 시간을 같이 보내며 조금씩 우리 사이에 있는 것도 풀어지는 듯 했다.

밤에 잘 때는 침낭에 들어갔고, 혹시 몰라 주위에 경보기를 설치했다. 자는 사이 남은 전력으로 공기 중에서 물을 모았다. 그 조용한 모터 소리를 들으면서 이모의 손거울 테두리를 손가락으로 매만졌다. 매끈한 나무의 감촉. 이모의 엄마니까 나에게는 외할머니다. 외할머니가 쓰다듬고, 이모가 쓰다듬고, 어쩌면 엄마도 쓰다듬었을지

• 옛날부터 홍차의 세계에 통용되던 말로, 고급품이었던 차를 진하게 내놓은 것도 모자라 비싼 설탕을 가득 넣어 다 녹지 않은 설탕 때문에 스푼이 설 만큼 아주 융숭한 대접을 받았다는 뜻을 지닌다.

모른다. 벽이 없는 드넓은 공간에서 그 형태가 조금은 마음을 편안하게 해주어 잠들 수 있었다.

조심조심 무리하지 않고 앞으로 나아가는 사이 확실히 몸이 편해졌다. 레이리타가 아무 말 없이 초콜릿과 사탕을 건네는 횟수도 줄었다.

경치를 즐길 여유도 생겼다. 옛날에는 이 콜로니 전체에 사람이 살았던 적도 있다고 했다. 자재는 모두 회수되어 있었지만, 가끔 평평하게 땅을 고른 곳이 나왔는데 과거에 사람이 살았던 것으로 보이는 집의 흔적이었다. 온통 풀이 자라 있어 도로로 가지 못할 때는 앞으로 나아가는 데 꽤 애를 먹었다.

콜로니 가장자리에 가까워질수록 기복이 심해졌다. 언덕과 언덕 사이에 접어들었을 때 위성측위시스템인 SPS와의 통신이 끊겼다. 올려다보면 전후 방향 정도는 알 수 있었지만, 언덕 어느 쪽으로 돌면 간선도로로 돌아갈 수 있을지 확실히 알기 어려웠다. 놀랍게도 레이리타는 로시난테 안에서 종이 지도를 꺼내더니 나에게 던지듯 건넸다.

"너는 간선도로를 따라서 가도록 해. 아마 조금 전에 본 곳이 글레이턴의 흔적인 것 같아. 더 가면 잉글리 거리가 나올 거야."

그러더니 케이프를 단단히 두르고 근처에 있는 덤불로 헤치고 들어가 언덕 위를 향해 올라갔다. 바스락바스락하는 소리와 풀이 흔들리는 모습이 점점 멀어졌다.

나는 종이 지도를 받아든 채 어찌할 바 모르고 그저 우두커니 서 있었다. 설마 여행을 하다가 글자를 읽게 될 줄은 상상도 못했다. 종이 눈보라를 제어할 도구는 아무것도 가져오지 않았다. 두려워하며 지도를 펼쳤다.

간선도로로 짐작되는 두꺼운 선이 있었다. 그런데 내가 있는 곳은 어디지? 지도 가득 흩어진 것이 지도 기호인지 글자인지 알 수 없었다. 당황해서 눈을 이리저리 굴렸지만, 갈수록 더 혼란해질 뿐이었다. 이것은 길일까, 아니면 글자의 일부일까? 이 모양은 산, 아니면 기호? 구부러진 선, 쭉 뻗은 선, 형태와 기호, 수없이 많은 종이 눈보라가 머릿속에서 어지럽게 흩날려 필사적으로 잡으려고 해도 빠져나갔다. 어지러워서 그대로 주저앉았다.

어느새 레이리타가 내려와 놀란 얼굴로 내 어깨를 잡

고 있었다. 정신은 아득했지만, 처음으로 내 몸에 레이리타의 손이 닿았다고 생각했다.

"나는 글자를 읽을 수 없어요. 미안해요. 하나도 모르겠어요."

어지러움을 가라앉히기 위해 눈을 감은 채 말했다. 레이리타의 표정이 달라지는 모습을 보고 싶지 않았다. 레이리타가 어깨를 꽉 잡아 반사적으로 눈을 떴다. 눈썹을 약간 찌푸린 채 가만히 내 얼굴을 바라보는 레이리타가 보였다.

"말해줘서 고마워."

그러더니 지도를 있는 힘껏 구겨서 뭉치더니 덤불 안으로 던졌다.

"이곳이 어디인지 몰라도 목적지가 있다면 길을 잃은 게 아니야."

레이리타가 싱긋 웃었다. 나도 그 모습에 따라 웃었다. 그리고 레이리타의 케이프에 잔뜩 붙은 풀 열매를 둘이서 웃으면서 재빨리 떼어냈다.

휴식 중에 조금씩 대화를 나누는 일이 잦아졌다.

레이리타가 밴드와 이동할 때 야생 산양의 공격을 받은 적이 있다는 이야기를 들려주었다. 산양의 영역인지 모르고 들어갔다가 산양이 엄청난 기세로 달려들어 기타를 치는 멤버에게 그대로 부딪혔다. 그 사람은 짊어지고 있던 기타와 함께 맥없이 날아가 엄청나게 큰 소리를 내면서 떨어졌는데 그 소리에 깜짝 놀란 산양이 도망쳤다는 것이다. 기타는 더 이상 쓰지 못할 정도로 망가졌지만, 그 덕분에 우리는 살았다면서 레이리타는 웃었다.

"야생 산양과 떠돌이 산양의 차이 알아?"

"돌아가지 못하게 된 산양과 돌아가고 싶지 않은 산양?"

"그런 발상 신선한데. 사람이 키우던 산양이 도망치면 떠돌이 산양. 떠돌이 산양이 야생에 정착하면 야생 산양."

"그럼 지금 우리는 떠돌이 인간이 되고 있는 거네요."

"돌아가고 싶지 않아졌다고? 그렇다면 곧 야생 인간이 될 거야."

레이리타와 이모의 접점에 대한 궁금증도 조금씩 풀렸다. 레이리타의 밴드는 그럭저럭 인기가 있어 나도 들어본 곡이 몇 곡 있었다. 물리학자인 이모와 레이리타를 이어준 것은 그 밴드가 발표한 물리학 용어가 들어간 사랑 노래였다.

"형편없는 곡이었을 거야. 괜히 허세를 부리면서 어려운 말을 잔뜩 집어넣어 나름 깊은 의기가 있는 듯한 분위기만 풀풀 풍겼거든."

레이리타는 어깨를 으쓱댔다. 형편없는 곡이었지만, 의외로 인기가 있었다. 그런데 어느 날 이해하지도 못하는 말로 장난치지 말라면서 날카롭게 비난하는 편지가 도착했다. 아주 정성스럽게 직접 수정한 가사와 함께.

보내온 가사로 다시 부른 버전 2는 본래의 노래를 능가할 정도로 인기를 끌었고 레이리타와 멤버들은 편지를 보낸 사람을 라이브에 초대했다 라이브 공연장에 모습을 드러낸 이모는 의외로 레이리타의 밴드를 마음에 들어 했고, 레이리타와 멤버들도 솔직하고 신랄하면서 유머 있는 이모를 좋아했다. 특히 레이리타와 이모는 마음이 잘 맞았다.

그러고 보니 종종 이모답지 않게 시내에 가는데 같이 가지 않겠느냐고 왠지 조심스럽게 묻고는 했다. 듣자로 넘치는 시내에 가는 일은 혼란과 고통이 가득한 폭풍우 속으로 들어가는 셈이나 다름없었다. 그래서 되도록 집에서 그림을 그리거나 정원에서 화초를 돌보는 걸 즐겼기 때문에 늘 거절했는데 어쩌면 그때 이모는 레이리타와 밴드의 라이브에 갔을지도 모른다.

내가 그때 이모와 함께 갔더라면.

내가 더 빨리 레이리타와 만났더라면.

무언가 달라졌을까?

레이리타가 말하는 이모는 냉소적이면서 기지가 넘쳤으며 새로운 것을 끊임없이 시도하면서 앞으로 나아가는 호기심 가득하고 활발한 여성이었다.

나는 전혀 몰랐다. 쓴 맥주를 좋아하는 이모가 술에 약해 취하면 부드러운 솜털이 난 얇은 피부가 붉게 물들어 더 복숭아 같은 피부가 된다는 것을. 늘 신랄한 말투가 더 신랄해졌지만, 잘 웃었고, 농담도 그만큼 잘 했다는 것을. 라틴 음악도 소울 음악도 재즈도 힙팝도 사이키델릭도 펑크도 좋아했지만, 랩만큼은 마음에 들어 하지 않았다는 것을.

진지한 이야기도, 진지하지 않은 이야기도 함께 나누

면서 자주 웃고 자주 화낸, 나는 알지 못하는 이모의 얼굴이 수없이 존재했다. 이모 이야기를 하는 레이리타의 얼굴도 내가 모르는 얼굴이었다. 이모와 레이리타는 특별한 관계였을까?

나는 아직 술을 마셔 본 적이 없지만, 다음에 레이리타를 불러 이모와 셋이서 음악을 들으며 하룻밤 지내는 것도 괜찮겠다 싶었다. 이 계절이라면 정원에 테이블도 내놓을 수 있겠지. 나무에 랜턴을 걸고 맨발로 풀밭 위를 걸으며 이모가 좋아하는 술인 핌스에 레모네이드를 섞어서.

그때 갑자기 그것이 찾아왔다.

분명 내가 돌아보기를 줄곧 기다렸을 것이다. 마음을 놓기를, 잊기를, 방심하기를.

거대한 파도가 삼키는 듯한 느낌이 휩싸였다.

숨도 쉴 수 없었고, 엄청난 힘에 사로잡혀 어찌 할 도리 없이 농락당했고, 이리저리 치이다 그저 한없이 괴로워하며 저항했다. 그렇지만.

나는 드디어 이해했다.

죽는다는 것은 사라지는 게 아니다.

죽는다는 것은 별이 보이지 않게 되는 일이 아니다.

채울 수 없는 부재를, 어쩌지 못하는 공백을, 평생 남는 외로움을 끌어안는 것이었다. 더는 아무 일도 일어나지 않는다. 음악은 멈추고 그 어떤 소리도 나지 않는다.

더 이상 만날 수 없다.

이제 만날 수 없다.

눈물과 콧물로 뒤범벅이 되어 "더 이상 만날 수 없어, 이젠 볼 수 없어."라는 말만 반복하는 나를 레이리타가 품에 안았다. 갑자기 마음속에 뚝 떨어진 이모의 죽음은 엄청난 힘으로 나를 집어삼켰고, 오열과 비명으로 폭발할 듯했다.

비탄의 거대한 파도는 몇 번이고 찾아와 나를 집어삼켰다가 드디어 조금씩 물러갔다. 파도가 물러간 모래사장에는 텅 빈 나만 남았다. 그렇지만 모래사장은 분명히 그곳에 있었고 따뜻했다.

"예니, 네 이모는 이제 없어, 더 이상 볼 수 없어. 그렇지만 만날 수 있어. 다시 만날 수 있어. 괜찮아. 어서 건자. 이모의 소원을 이루면 분명 알게 될 거야. 괜찮아."

레이리타는 줄곧 나를 품에 안고 괜찮다면서 끊임없

이 속삭였다. 그 소리가, 말이, 텅 빈 나를 다시 채웠다. 레이리타의 말이, 눈물이 나에게 흘러내렸다.

짭짜름하고, 따뜻하고 편안한 소리였다.

우리는 콜로니의 가장자리에 도착했다.

눈앞에 지름 약 16킬로미터의 채광 패널, 콜로니의 가장자리가 우뚝 솟아 있었다. 엄청나게 큰 거대한 원반이 아주 당연하다는 듯이 그곳에 존재해 머리가 좀처럼 다 인지하기가 어려웠다. 올려다보니 원반의 건너편은 공기층으로 가려져 멀리까지 희뿌옜다. 아마 내가 살면서 본 것 가운데 가장 컸다.

앞서 걷던 레이리타가 뒤를 돌아보았다.

"정비용 엘리베이터를 찾자. 관리 해치까지 올라갈 수 있을 거야."

우리는 가장자리를 따라 걷다가 거의 풀로 뒤덮인 문을 발견했다. 엘리베이터는 한참 동안 아무도 타지 않은 듯했다. 먼지가 가득했고, 유리에는 얼룩이 흘러내려 있었다.

채광 패널 한가운데까지는 15분 걸린다. 조금씩 달라

지는 풍경을 우리는 아무 말 없이 바라보았다.

콜로니 중심에 가까워질수록 몸이 가벼워졌다. 우리는 엘리베이터 사물함에서 조끼를 꺼내 입고 케이블을 연결해 서로 확인했다. 엘리베이터에서 붕 떠서 밖으로 나오니 나는 세상의 한가운데, 그리고 세상의 끝에 있었다. 여기가 끝이었다. 여기까지가 내가 아는 전부였다.

콜로니의 반대편 가장자리까지는 약 32킬로미터 떨어져 있었다. 아주 멀리 반대쪽 채광 패널이 보였다. 이렇게 콜로니를 한눈에 본 것은 처음이었다. 아주 커다랗고, 아주 작았다.

하늘에서 별이 졌다.

누군가가 죽었다.

세상은 고요했다.

뒤를 돌아보았다. 커다란 채광 패널에 비하면 놀랄 만큼 작은 관리용 해치가 있었고, 그 저편으로 우주가 펼쳐졌다.

지금까지 이곳 콜로니를 떠나는 일을 진지하게 생각해본 적이 없었다. 언젠가, 머지않아, 분명. 어렸을 때 상상하는 결혼이나 출산과 비슷했다.

언젠가, 머지않아, 분명.

그렇지만 지금 이 선택지는 좀 더 확실한 무게로 내 안에 자리 잡고 있었다.

"물론 집을 팔아서 어딘가 다른 곳, 아주 먼 곳으로 가도 괜찮아. 록 스타가 되어도 좋고, 머리를 초록색으로 물들여도 되고, 아이스크림만 먹으며 살아도 돼. 너는 자유야."

나는 자유다.

이런 생각은 문과 같았다. 열어도 되고 열지 않아도 되는 문. 그 문 저편에는 다른 풍경이 펼쳐진다. 구석구석 다 아는 줄 알았던 정원 한쪽에 문이 숨겨져 있었는지도 모른다. 그 문은 편견이나 안정, 변화에 대한 불안이라는 덩굴에 뒤덮여 가려져 있었다.

문 저편은 밝고 아름답고 넓다. 그리고 아주 두렵다.

레이리타가 에어 록을 조작했다. 안쪽 문을 열고 이모의 손거울을 놓았다. 문을 닫고 조작 패널로 바깥쪽 문을 열었다. 손거울이 밖으로 빨려나갔다. 새까만 우주가 손거울을 집어삼키더니 멀리에서 작은 빛이 반짝하고 빛났다.

그렇게 끝이 났다.

여행의 끝이 너무나 싱거워서 나는 그 자리를 떠날 수가 없었다.

"왜 일부러 여기까지 와야 했던 거죠? 손거울 하나 정도는 어디에든 버릴 수 있었을 텐데."

레이리타가 옆에서 조용히 창밖을 바라보고 있었다.

"네 이모는 북극성이 되고 싶었던 거 아닐까."

조금 시간을 두고 레이리타가 말을 이었다.

"옛날에 아주 훨씬 전에 우리 할머니들이 살았던 지구도 올드 잉글랜드처럼 회전했어. 그 축의 끝에는 북극성이 보였지. 북극성은 움직이지 않았어. 움직이지 않는 별을 보고 뱃사람이나 나그네들은 여행을 했어."

레이리타의 속눈썹 끝에 자그마한 물방울이 걸려 흔들렸다.

"이곳이라면 북극성처럼 움직이지 않는 별로 존재할 수 있어. 그러니까 이곳이여야만 했던 거지. 네 이모는 떨어져 사라지는 별이 아니라, 움직이지 않는 별이 되고 싶었던 거야."

레이리타가 눈을 깜빡이자, 물방울이 톡 터지며 둥실

떠올랐다.

"여기에서 너를 늘 지켜볼 거야."

이모의 별. 밤이 되어 채광 패널이 닫히고 그 암흑 저편에서 작은 손거울이 반사하는 빛을 발견하지 못해도 나는 안다. 이모의 별이 그곳에 있다는 것을. 작고 작은 빛이 반짝반짝 빛나면서 나를 바라보고 있다는 것을.

이 콜로니에서 떠나도, 우주 어딘가로 가도 분명 그 작은 빛은 나와 함께할 것이다.

이제 만날 수 없다. 그렇지만 이모는 존재한다. 바로 여기에.

레이리타와 둘이서 작은 빛을 바라보았다.

레이리타와의 여행은 아직 절반도 끝나지 않았다. 돌아가는 여행길에 이모가 쓴 노래를 불러달래야지.

그리고 언젠가 나도 웃어야지, 복숭아 같은 볼로 당신을 바라보며.

◆
◆
◆

이케자와 하루나의 『나는 고독한 별처럼』을 짧은 말로 소개하기는 어렵다. 이 소설들이 남기는 독특하고 기묘한 맛이 아주 복합적이어서 자꾸 부연 설명을 하게 되는데다, 일곱 편 소설이 한 작가의 것이 맞나 싶을 정도로 제각각이기 때문이다. 어떤 이야기는 폭신한 솜사탕 맛이고, 또 어떤 이야기는 입에 넣자마자 눈이 핑핑 도는 홀로그램 맛이 난다. 그래도 이 소설들이 공유하는 한 가지가 있다면, 상상하기 힘든 이상한 일이 '이미' 벌어져 버린 세계로 독자를 훅 끌어당기는 흡인력이다.

「실은 붉다, 실은 하얗다」에서 인류는 '이미' 버섯과 공생하고 있다. 2차 성징이 오면 균근을 뇌에 심어 곰팡이를 매개로 하는 텔레파시를 얻는다. 이 소설은 사랑에 빠진 한 소녀의 시점에서 세계 속 단면을 푹 떠내어 펼쳐 놓는데 그곳에서 사람들은 버섯을 경유해 생각하고 버섯을 경유해 사랑한다. 이렇듯 비일상이 이미 일상인 세계 속에 대뜸 독자를 데려다 놓으며 작가는 경쾌한 실험을 시작한다. 언젠가 우리가 이런 세계 속에 살 수도 있는 것이 아니라, 이미 이런 세계 속에 살고 있다면?

그와 동시에 이케자와 하루나의 작품은 기술과 인간이 맺는 복잡한 관계를 비춘다. 모든 것을 보조하는 AI 파트너 '아이디'가 보편화된 세계에서, 아이디를 거부하거나 아이디에 적응하지 못한 사람들이 모인 마을이 있다. 하지만 이 마을은 배제된 사람들의 쓸쓸한 공간도 아니고, 아이디에 대한 적개심만을 품은 공간도 아니다. 이야기는 예측 가능한 경로로 흘러가는 대신, 기술과 인간이 어지럽게 얽히고 '조심조심' 손끝을 맞대는 모습을 보여준다.

이케자와 하루나가 그려내는 세계에서, 사람들은 우주를 떠도는 유령이 되어서도 오후 2시의 애프터눈 티 모임에 참석하고 싶어 한다. 외계 문명과 접촉하고 모두가 외계인과의 소통에 참여할 수 있게 된 세상에서도 사람들은 여전히 어디 취업해서 뭘 먹고 살지 고민하며 머리를 쥐어 싸맨다. 세계는 앞으로 계속해서 변해가고, 우리는 그곳에서 살아가는 일이 어떤 것일지 예상할 수 없지만, 그럼에도 여전히 '이런' 마음을 가지고 살아가지 않을까 생각하게 만든다. 작가의 긴 이력에서 짐작할 수 있는 것처럼 SF라는 장르와 그 주요 테마에 대한 깊은 애정이 느껴지는 동시에, SF를 처음 접하는 독자들에게도 산뜻하게 다가갈 이야기들이다.

김초엽(작가)

이야기가 처음 소개된 곳

- 「실은 붉다, 실은 하얗다」, 겐론 오모리 노조미 SF 창작 강좌(ケンロン 大森望 SF創作講座) / 재수록: 『SF의 S는 스테키의 S+(SFのSばステキのS+)』, 하야카와쇼보(早川書房), 2022년

- 「조모의 요람」 『2084년의 SF』, 하야카와문고(ハヤカワ文庫) JA, 2022년

- 「어쩌면 지방으로 가득한 우주」, 겐론 오모리 노조미 SF 창작 강좌 / 재수록: 『NOVA 2023년 여름호』, 가와데문고(河出文庫), 2023년

- 「언젠가 토막에 비가 내린다면」, 겐론 오모리 노조미 SF 창작 강좌(「그 소리처럼 가만히(あのおとのようにそっと)」에서 제목 변경)

- 「Yours is the Earth and everything that's in it」 『WIRED』 일본판, 2023년 5월 22일 기사

- 「우주의 중심에서 I를 외치다」, 겐론 오모리 노조미 SF 창작 강좌

- 「나는 고독한 별처럼」, 겐론 오모리 노조미 SF 창작 강좌

※ 겐론 오모리 노조미 SF 창작 강좌의 글은 모두 2022년 가키무라 이사나(柿村イサナ)라는 이름으로 발표

나는 고독한 별처럼

1판 1쇄 발행 2025년 11월 25일

지은이 이케자와 하루나
옮긴이 서하나
펴낸이 박선영

편집 서하나
마케팅 권혁주
영업관리 박혜진
발행처 퍼블리온

출판등록 2020년 2월 26일 제2022-000096호
주소 서울시 금천구 가산디지털2로 101 한라원앤원타워 B동 1610호
전화 02-3144-1191
팩스 02-2101-2054
전자우편 info@publion.co.kr

ISBN 979-11-91587-82-1 03830

이제 곧.

이제 곧.

이어진다.